叔叔的旅行箱：
幻灯小剧场

[日]芦边拓 著 青青 译

芦边拓 幻想 短篇集

台海出版社

◇千本櫻文庫◇

◇前言 PREFACE

文库，原本是指收纳书物的仓库和书库，也指收纳书与记事簿，以及不常用物品的小箱子。以前者为例，京滨急行线的"金泽文库站"就是以前镰仓时代北条氏用来收藏汉书用的，"金泽文库"名字的由来便是如此。东京都的世田谷区也存在着收集着珍贵汉书的"静嘉堂文库"。后者则更多地被称为"手文库"。

江户时代以来，可以放入袖袂的小开本书籍逐渐流行起来，被称为"袖珍本"。明治三十六年（1903年），富山房发行了小开本的丛书，起名"袖珍名著文库"。随后，明治四十四年（1911年），讲述战国时代的猿飞佐助和雾隐才藏系列故事的讲谈社"立川文库"发行出版。讲谈是日本民间艺术，以口语化的方式讲述历史故事的形式。而"立川文库"则是将讲谈收录成册集中出版的丛书，据统计，当时刊行量为200册左右。从那时起，文库就脱离了原本的释意，逐渐演变成了现在的类书集丛。

文库的说法借鉴了日本出版业界的传统说法。而千本樱源自日本奈良县吉野山樱花盛开的奇景，世人皆称"一目千本樱"来形容樱花美景。千本樱文库的纳入作品皆为日系作品，题材包括推理、悬疑、幻想、青春、文化等类型，正如千本樱满山盛开的绝景。

现代日本，以"文库"命名刊行的丛书系列有200种以上，所谓"文库本"只不过是统称而已。日本传统的"文库本"常用的是A6尺寸的148mm×105mm，也叫"A6判"。千本樱文库的所有书籍将在"文库本"的基础上提升，达到148mm×210mm的开本标准。追求还原的前提下，力图带给读者更清晰的阅读体验。

从20世纪70年代以来，日系推理小说逐步进入中国读者的视野。随着时代更替，涌现出了各种不同风格的作家。日系推理能够长久不衰的原因之一在于设立的各种新人奖，这些新人奖能为日本文坛输送新鲜血液，不断地创作优秀作品。鲇川哲也奖是日本东京创元社在1990年创立的公募新人文学奖，也是日本推理作家们至关重要的出道途径。该奖创立以来挖掘出了众多才华横溢的作家，如芦边拓、二阶堂黎人、西泽保彦、柄刀一、城平京、相泽沙呼等。

芦边拓是第一届鲇川哲也奖的获得者，但他却出道于幻想文学新人奖。其作品风格多样，涉及知识丰富，从学术到流行文化无所不有。本次为大家带来三部他的幻想短篇小说集，分别是获得了"第十四届喝酒的书店店员最爱作品大奖"的《奇谭贩卖店》，致敬了江户川乱步《押绘与旅行的男人》的《乐谱与旅行的男人》，以及《叔叔的旅行箱：幻灯小剧场》。

三部作品中都各自收录了6个短篇。《叔叔的旅行箱：幻灯小剧场》是本系列的第三部。在《叔叔的旅行箱》中，主人公因受邀在舞台上表演自己口中"叔叔"的故事，开始调查"叔叔"的人生。线索是模糊的记忆和从旅行箱里拿出来的各种物品。在无数的旅行之后，"叔叔"和主人公的谜团浮出水面。可这是现实，还是导演在舞台上构筑的虚构故事？也许人生就像幕间休息时做的一场短暂的梦。

千本樱文库编辑部

目 录
CONTENTS

叔叔的旅行箱
001

叔叔的明信片
027

叔叔的植物标本
053

叔叔与欧亚国际列车
081

叔叔于幻灯之中
111

叔叔与我
135

给剧作爱好者的笔记
163

叔叔的旅行箱

感谢各位今日光临"叔叔的旅行箱：幻灯小剧场"。

在开演前，谨向各位宣读注意事项。请勿在观众席上饮食，同时本剧场全馆禁烟。请关闭手机，以免打扰其他观众，严禁在上映过程中拍照、录音、录像。为了保证演出效果，在开演后连同安全出口指示灯在内，全馆内所有照明将关闭。如遇地震等紧急情况，请在工作人员的指导下避难。

演出很快就要开始，请在大厅的观众尽快就座等待。

下面，请各位尽情欣赏。

1

　　天花板上的观影灯昏黄地映照着剧场,馆内空无一人,只传来欢快的歌声。

　　来吧,闭幕吧,落下帷幕吧!
　　爱恨交织的杀人者与被害者们,
　　回归你们原本的状态,牵起手一同敬礼!
　　即使有几分不合逻辑,
　　即使有些许无法接受,
　　此刻都沉浸在余韵中,起立吧——
　　就此结束,出口在那边!

　　《就此结束》(阿德贝特·施密德施塔特作词作曲,阉目屋吉太郎翻译)

　　演员的歌声切换成录音,在散场后的剧院里循环播放。没过一会儿,声音戛然而止。正巧从后台来到大厅的我仿佛被这噪音泼了一盆冷水，这首《就此结束》尽管不至于追溯到音乐电影，也就是歌舞片的时代，但确实是一首很老的歌了。

不过将这首歌用在本次演出的结尾倒是极为恰当，年轻的观众听着觉得新鲜，据说反响很不错。我本想听着这首歌离开后台，但音响师也想早点回家，所以我只得无奈地在脑海中回想着它，哼出剩下的旋律聊以自慰。

明明刚刚还人声鼎沸，处处都能听到人们相互问候，此刻的大厅却一片冷清。唯一能听见的只有拖把发出的细微声音。尽管还有工作人员，但没有我想去搭话的人，也没有谁会对我说一句"辛苦了"。

我长吁了一口气。做了几十年演员，最终也不过如此，无论是以前还是现在，从来没有粉丝等我出来。去参加庆功宴也是件麻烦事，为了避免受到邀请，我会尽可能在后台待到晚一点。这样做的效果立竿见影，很快就没人邀请我去喝酒了。

这次也是如此，我迅速卸完妆便踏上了归途。想到不再受到年轻演员们的邀请，多少有几分失落，偶尔我也想加入他们，但当我表现出这种意向、对方却因此显得局促不安时，感觉愈发凄凉了。

为了不让其他人知道这个事实，我最终不得不在后台磨蹭一番，尽管这种做法显得很愚蠢，但事到如今也只能这样。

等我一出剧场，背后的灯光就熄灭了。

这里是商店街的一角，周围几乎都是普通民宅。尽管角落里有一座小巧却颇具复古感的建筑物显得大放异彩，此刻它也只能化为一处布景。

我有些畏寒地拢了拢外套的前襟,正准备小跑着前往车站时,一个耳熟的声音从身后叫住了我。那声音何止是耳熟,我早已听腻了,那是我在疲累时尤其不想听见的声音。

"哟,有时间聊聊呗?"

2

舞台静静地转动着。三十分钟后,在一家经营到很晚,却只能提供苦咖啡的咖啡店里,我和他相对而坐。咖啡店里摆满了烧杯和蒸馏器,看上去像是科学怪人的实验室,闷闷不乐的客人们挤在狭小的座位上沉默不语。

他是个戏剧制作人,与我相识很久了。之前偶然有一次,我试图回想我们是如何认识的,第一次合作的工作是什么,却惊讶地发现自己怎么也回忆不起来。尽管是上了年纪的缘故,但也因为我们在戏剧上的合作早已顺理成章了。

说到电影这个话题,如果问对于一个制作人而言什么能力是必不可少的,可能会有人回答"筹集资金",这就如同自行车运动员必须踏上自行车一样重要。我不知道他的筹资能力如何,但很清楚他是个厉行节俭的人。因此,我喝了一口过于苦涩的咖啡,暗自在内心里嘀咕:怎么偏偏在这时候找上我。

由于上了年纪，加上连日的舞台表演，我本已筋疲力尽，原以为他会带我去相熟的鸡尾酒吧，没想到全猜错了。本想着今晚不至于因过于疲劳而睡不着，能回家好好睡上一觉，怎么在这里越喝越精神了？我不由得有些恼火。

不过这似乎才是对方的目的，他露出一副前所未有的严肃表情，在橡木的椅子上坐直，开口说道："关于下次公演，我想全权交给你，你有干劲吗？"

他这话说得突然，一时间我没能理解他的意思，不过这番话以他剧团制作人的身份而言，倒是过于平常了。

"全权交给我是什么意思？"面对我脱口而出的疑问，他露出一副理所应当的表情答道："就是一切工作，企划、演出效果、主演……是独角戏也没关系，只要人数不太多就行，其他内容也可以。你之前不是说想演一场一切都按自己的想法来的戏吗？"

"我确实说过，是个演员都想试试看吧？但你突然这么说，我也不知该怎么回答你，一下子也想不出什么好的桥段。"

我的语气中带着一丝疑惑，心里下意识地提高了警惕。但对方以为我只是故作姿态，口沫横飞地说道："怎么会呢，是什么时候来着？我听你不止一次地回忆说自己的亲戚里有个奇怪的叔叔，跟小时候的你讲过很多故事，还给你看过珍奇的照片和纪念品……就算最近我俩都有点老糊涂了，但你别跟我说你忘了这事啊。"

他这番话令我顿感意外，但不巧的是我并非那种被人问起隐私还能心平气和的人，不过要是被他看出我内心的动摇也挺令我不快的，随口应道："这我当然记得，但令我意外的是你居然还记得这件事。"

对方丝毫不顾我的冷淡，说道："有什么好意外的，毕竟你不是个喜欢谈论自己的人，而且我印象里你也很少说起往事，唯一的例外就是你提到的那位'叔叔'了，而且还非常有趣……对吧？"

"是这样吗？"

"是这样啊！"他鹦鹉学舌般回答我，并继续说道，"对身为演员的你，我是很看好的，但看到你最近有些消沉，或者说缺少一点霸气，我也很着急。"

"……"我无言以对，只能蹙着眉头露出一丝苦笑。但他继续说道："如果没能让你这样的专业演员发挥出所有实力，那是我作为一个制作人的失职，所以我也在想，有没有只有你能演的角色，有没有必须由你来演的戏呢？"

"那可真是谢谢你了。"我语气生硬地道了声谢，好久才反应过来，"所以你才想到那个'叔叔'的事吧？"

"除此之外还能有什么？"他一脸惊讶地说道，"总之凭我的直觉，他的故事说不定非常有趣，完全可以编成一部出色的戏。一定是这样，游走于动荡的二十世纪，这个男人的命运与历史上的大事件和重要人物交织纠缠，华丽地擦肩而过……"

"我说过这些吗？"面对我的质疑，他愤然答道，"当然说过,这些明明都是你跟我讲的,真是个过分的家伙啊。我感觉这就像特瑞·吉列姆执导的《终极天将》,慕豪森男爵突然出现在一场真实的战争中,而倾听他那些没完没了的故事的,正是不幸的少女莎莉……"

"竟然拿他跟男爵相提并论,一点也不合适……"我毫不留情地说道。与此同时,我渐渐想起来,这是时隔许多年后再次听到他谈起以我自己为主角的戏剧。

尽管主演也不止当了一两次,但那已是遥远的过去。事实上,今天同台演出的年轻演员中,没有一人见过我当主演。如果他的想法能够实现,年轻演员们对我这个老前辈,按照现在的说法是"倚老卖老"的家伙,是否能有些许改观呢?不过现在还高兴得太早了,"这确实是个难得的机会,但关于那个人,我也知之甚少。尽管听过或看过他身上发生的轶事,但他在哪里出生、学过什么以及如何生活,我可不太清楚。这能编成什么样,甚至是否能编成戏剧,说实话我自己都拿不准。"

"什么啊,原来你在想这些啊?"他将喝剩的咖啡一饮而尽,轻松地回答道,"那你亲自去查一查呗!将故事编成剧本,对你而言是一种角色塑造,同时你也能呈现出最棒的演出效果,真可谓是一箭双雕……难道不是吗?"

从他直视我的目光中,显然能看得出他是认真的。

这里"叔叔"就是指我的叔叔,并不是指叔父或伯父,只是我从前这样称呼他而已。尽管他确实是我的亲戚,但我却不知道他和我究竟是何种关系。哪怕我们之间有亲缘,直至今日我也不知我们是不是直系血脉的亲属。如果用文字来表示,最多算是"小父"[1]。不过,谈论这些也没什么意义,所以还是直接写作叔叔吧。

这位叔叔究竟是何方神圣,事到如今我也不得而知,而且周围的长辈们也没告诉过我。不过,这位叔叔确实去过很多别说是小孩,就连大人都没怎么去过的地方,遇见了很多人,增长了不少见识。他遇见的人和事中,有不少是等我长大后回想起来,才惊觉是可以载入新闻乃至教科书的大人物或大事件——前提条件是他并不是慕豪森男爵那样的吹牛大王。如今说来只得微微苦笑,这位"叔叔"似乎出人意料地存在于很多人的人生之中。

说起来经常听人说起,在亲戚中总会有这样的叔叔或者阿姨,他们能给孩子们带去稀奇的礼物,教他们玩各种游戏,给他们讲极不寻常的故事。可能有时候不是亲戚,而是独自住在附近某个破落的独栋房屋里的"叔叔"或是"哥哥",他们有很多游戏或玩具,吸引着附近的孩子们前去玩耍——这种暂且另当别论。

在亲戚们的聚会上,大多数大人都有配偶相伴,时不时还会带上孩子,但"叔叔"们却往往都是独自一人,而那个人也是如此。

细思起来只得苦笑,此刻的我不也正是如此吗?加上亲戚们的

---

[1] "小父"即父母的亲兄弟之外,近邻的叔叔伯伯。——译者注

孩子并不亲近我，所以我只能算是这些不入流的"叔叔"们中的底层了吧。

如各位所见，我是个单身汉，这一点上叔叔的情况又如何呢，他是否曾陪伴在某位女性身边？我似乎见过，又似乎没见过。毕竟对孩子而言，这世界上充满了未知之谜，一切都是模糊的，而且无奈的是，我平日里也没太关注过这方面。不过现在刨根问底地唤起旧日的回忆，我还是注意到一些奇怪的事。

那位叔叔，曾经出现在家庭聚会上吗？

对于除家人以外的大人，总是容易被混为一谈，我突然没了信心，满脑子都是疑问。那位叔叔，究竟是何方神圣？

不过事到如今，我该问谁呢？最快的方法就是问父母，但他们早已去世了，其他亲戚也基本都已经过世。毕竟那时候还是个孩子的我，如今年龄已超过当时的大人们了，我能活到现在着实不可思议。

就这样，制片人的提议反倒让我陷入一片混乱和疑惑中——本幕就此结束。

3

几周后，本次上演的戏剧终于如片尾曲《就此结束》一般落下帷幕，也将我从演出结束后麻烦的习惯中解放出来，在最后一次公演结束后，我参加了大家的庆功宴，也确认了大家并未对我敬而远之。

用无可奈何来形容确有几分奇怪，我寻思着是时候着手处理制作人布置的任务了。不过，除了那模糊而混乱的记忆外，我并没有其他任何线索，也不知该从何查起。一想到自己难得担任主演的机会可能就此落空，我虽心中焦急，却也无可奈何。正当我准备去问问仅剩的几位亲戚时，一封讣告送到了我手边。

原来是我高中时代的一位友人骤然去世了，这种消息最近也有所增加。

尽管现在已疏远许久了，但当得知当时彼此认可的亲友溘然长逝，心中多少有几分触动。本想着有朝一日能见上一面，畅谈过往，想来是我的怠惰招致了这般应有的结果。总之我乘坐新干线，然后换乘JR和私营铁道，终于到达朋友从大学毕业起就生活了大半辈子的城市。

朋友的葬礼罕见地在当地一家寺庙里举行。我感觉天气极冷，在凛冽的寒雨中，我默默地排队准备进香。虽然见过朋友的父母，但他们早已过世，我与朋友现在的遗属并不相识，而且就我所见范围内几乎没有当时的同学，因此也没什么想上去打声招呼的人。

我身心俱冷，只得缩在小小的折伞下，朝最近的车站走去。

与来时在呼啸疾驰而过的上行特快列车上看到的灰蒙蒙的风景不同，乘坐下行列车时因为面对着对面的车窗，所以自然能够隔着铁道欣赏两边沿途的风景。真要说欣赏倒也有些平淡单调，但山边的景色千变万化，令人有几分怀念之感。

这种怀念感并不奇怪。和过世的友人一样，我也曾生活在离这里不远的地方，所以经常乘坐这条线路，自然也记得这些风景。然而当列车即将在某站停车时，我内心深处微微一痛，仿佛有什么划过我的记忆。

难道说这里是……

一瞬间我有些迷茫和踌躇，等回过神来，我已经站在凄风冷雨的站台上，身后传来列车关门的声音。

糟糕，我在干什么！尽管对自己的所作所为有一丝后悔，但我也想赞扬自己有如此果决的行动力。

我穿过勉强还能看出几分旧日模样的校舍，越过横跨道路的天桥，前方是一个老旧的缆车站点，轨道和钢索从这里笔直地向烟雨朦胧的山顶延伸而去。

缆车的乘客只有我一人。

这条索道原本是通往山顶那始建于昭和初期的游乐园的，但因山腰上还建有住宅，所以这条索道倒罕见地成了大家的通勤之路。不过不知是因为时间不对，还是因为下雨时没人去游乐园，此刻空荡荡的车厢里只能听见引擎或马达发出的低鸣声。我回头望去，刚刚下车的私铁车站已远在山脚下了。

很快就到了下一站，不过这条索道就到此为止了，如果要去山上的游乐园，必须换乘另一条索道。原本我的目的地就不是游乐园，尽管对它很有兴趣，但唤醒我记忆的并不是它，而是位于这山中某处的建筑，这建筑也与那位"叔叔"有关。不过我不知它在哪里，是怎样的建筑，也没有确凿的证据证明它与叔叔有关。

我是应该换乘索道继续上山，还是应该先在这里下去看看？天色渐渐暗了下来，雨势越来越大，看来无法两边都探查一番，总之就先从这里下吧。我从索道缆车上下来，向四周望去，眼前一字排开的房屋顿时令我眼前一亮。

这里有饭店，有旅馆，家家户户都门户紧闭，街景仿佛电影布景一般，实在不像是能进去的样子。之后我才知道这里有座古寺，或许是有人前来参拜，因此此处也有几分闹市的味道。

不过更吸引我注意的是眼前蜿蜒的道路，那前方仿佛有什么东西。我感觉似乎曾经踏足过这条崎岖不平且望不到尽头的路。

十几分钟后，我蹒跚地走在这条道路上，折伞下的肩膀已被雨淋湿。沿途全是普通民宅，门前停着车，一路上杳无人烟。我找不到一个可以问路的人，即使去按民宅的门铃，也不保证里面能有人出来。

我继续向前走去，原本并没想到今天会临时起意到这里来，脚上那双穿着参加葬礼的黑色皮鞋此刻浸满了雨水，令人难受。我对周遭的景色毫无印象，一想到还要花时间走回车站，便不由得有些犹豫是否要继续前进。不过，我也不想就此放弃，而且也估计不会再有机会找时间到这里来了。

再往前走一段，如果没有什么能触动心弦的东西就折返回去。

我下定决心继续前进时，某栋房子的水泥墙上贴着的住房告示牌映入眼帘。

这是什么……"×××"？

那是一个地名，是某个高档别墅林立、极负盛名的避暑胜地。然而它本该在离这里几百千米外的地方。

一瞬间我感觉自己仿佛能瞬间移动，或是被吸入了次元裂缝中，当然这是不可能的。很快我就意识到，是这一带住宅的开发商和地方自治团体将那声名远扬的名字套用在这里。比如在全国各地，甚至东京都内都有好些"××银座"，如今想来这些名字着实令人尴尬。

不过这块告示板吸引我注意的原因并不在此，事实上我在知道真正的×××之前，便已经对这个名字耳熟能详了，而且印象中我确实去过。所以当得知那个人人口耳相传、曾经只在电视和书上看过的"×××"，其实在我绝对没去过的某个地方时，我倍感震惊。

如果我印象中的那个地方就是这里，那一切都说得通了。如果是这里，年幼的我来过也不足为奇。没错，我确实坐过那索道缆车，好像还去过山上的游乐园。尽管因为记忆过于混乱，我始终无法确定。但我还是在刚刚的缆车站点下了车，之后又经过刚刚的店铺，沿着这条蜿蜒的道路上下坡。没错，我确实来过这里！

不知不觉间，我小跑了起来。倾斜的折伞已毫无用处，豆大的雨滴打在脸上，我却毫不在意。

马上就到了，马上就到了……我莫名在心中呢喃着。经过一个转弯后，眼前出现了一栋房屋，那石墙以及那门前的铁栅栏我确实见过，而且并不是单纯路过，说不定几十年前我曾踏足那里。

而且，"叔叔"不就在那里吗？

我甩掉碍事的折伞，毫不在意湿透的皮鞋，奔跑过去，想要确认门后的建筑。好在铁栅栏的门闩没有插上，处于半开的状态。

然而，当我抓住石制门柱，向院内探出身去，却被眼前的景象震惊到呆立在原地——门内别墅风格的房屋已塌了一大半，墙壁剥落，屋顶倾斜，门窗勉强挂在墙上，实在是惨不忍睹。

恐怕这里很长时间都无人居住，任由它在时光中衰败毁损。这幅光景让人很难想象其旧日模样，又如何去唤醒失落已久的回忆。

我寻思着进去找找线索，幸好门已经损坏。我正准备先进玄关看看，没想到固定在墙上的门却倒了下来，这样进去实在过于危险。

我在房子周围转了一圈，想看看有没有别的入口，但却无功而返。正当我放弃寻找，准备再次回到玄关前时，却被吓得差点心搏骤停。

铁栅栏的那头，静静伫立着一个撑着布制雨伞的男人。

"你是什么人？可不能非法入侵啊。"

4

画面一转，这里是一个独居的落魄男子的住处。

"我受托管理那家的房子。不过那里已经几十年没人住过了，到处都坏掉了，也顾不上修理，毕竟也没给我那么多钱。但即便如此，也没法直接拆掉……"那男人长得如同干瘪的黄瓜，他一边跟我嘀咕，一边将我领到他附近的家中，"你说想打听那家的事情，但我什么也不知道。毕竟我也是从父亲手中接过管理那里的差事的。你想问住在那里的人？这我就更不知道了。如果你是锻冶町先生的亲戚的话，我甚至还想问问你呢。"

"不，不巧的是我……"说到一半，我愣了一下，连忙问道，"你刚刚说的锻冶……先生是？"

"原来你不知道啊，锻冶町先生是那房子的户主，叫锻冶町清辉……请进吧，我家虽然什么都没有，但总比站在外面说话强。"

我被带到一个进门就是玄关的房间，地面上铺着的老旧榻榻米已经有些毛边了，可能是因为一个大男人独居于此，房间里实在有些凌乱，但我也没什么资格说别人。

"锻冶町先生他……说起来我也不太记得见过他，不过经常听住在山下养老院的父亲提起。那是很久之前了，当时他还没像现在这样变得老年痴呆。"

"他说过些什么？"我向前探出身子，想必那年迈的父亲与儿子之间有许多回忆，但在此我决定不作过多猜测。

中年男子莫名地有些装模作样，他仰望着挂着昏黄的荧光灯的天花板，"嗯……被你这么认真地一问，我得想想……我忘了。"

他这番话不由得让我怀疑得了老年痴呆，或者说脑子糊涂了的会不会是他自己。

比起错愕或愤怒，我更感到茫然。不过他很快拍了下手说："对了，我有件要紧的东西……稍等。"他自言自语着走进里侧的房间，没过多久就双手捧着一个似乎很珍贵的东西走了出来。那是一个现在难得一见的破旧皮制旅行箱。显然它已经磨损得很厉害了，表面到处都是划痕，但看上去沉甸甸的，十分结实。箱子表面贴着疑似宾馆或船运公司的标签，这箱子极具时代感和故事性，非常适合用作戏剧的道具。如果被相熟的小道具或美术负责人看到，一定会迫不及待地想欣赏一番。

我不由得看得入迷，突然身边传来一个声音："怎么样，要不要买下这个？"

"什么？！"我不由得发出了惊讶的声音。

中年男子那干瘪如黄瓜的脸扭曲出一个奇怪的形状，似乎是想露出一个讨好的笑容。

"其实锻治町先生把那栋房子托付给我管理，但随着房子外面不断破败，里面的家具和摆设也都不行了，只得一件件扔掉，只有这件东西留了下来，幸亏我爸爸说要把这个留下……不过房子都没了，光留下这个，我也头疼该怎么处理，你看事情就是这样。"

他摆弄着锁扣，说道："这箱子上了锁，打不开，似乎把这里的数字对上就能打开，不巧的是我也不知道密码是多少。不过也不能直接弄坏，对我而言拿着它也没什么用。"他边说边指给我看，箱子上有个小小的窗口，似乎要转动上面的数字才能打开，这恐怕是个古老的密码锁。

"同时，男子似乎意有所指地不断瞥着我，"这密码锁肯定也不是个摆设，里面的东西对锻治町先生而言一定很重要吧。我刚刚说没怎么见过他，不过我想起来了，当时好像是他把箱子托付给我爸爸的，可能是久违地来看我们的时候吧，我依稀听见他和我爸爸闲聊。

"我本以为他会带什么稀罕的西点当作礼物，一直期待着他什么时候能打开这箱子，不过他完全没有这样的意思。出于无聊我开始摆弄放在一边的箱子，想打开它，还用指甲抠上面的标签，然后我突然发现锻治町先生正笑眯眯地看着我。他是个对小孩子很好的有钱绅士，但他当时的笑容看上去却有几分可怖，明明和平常的笑容并无不同，但有种可怕的压迫感，他把箱子拿到一边，说，'孩子，住手。'

"被他温和的声音这样一说，我都吓了一跳，然后发现了我的恶作剧，我爸啼地打了一下我的头，真的特别痛。经此一事，我也知道这箱子对他而言非常重要，所以一直留到了今天，你看……"说到这个份上，他眼神热切得似乎想要看穿我，"怎么样？"

我有些防备地听着，但男子随后的话却出乎我的意料，与我的预期有些背道而驰。

"如果你是锻治町先生的亲戚——不，哪怕是陌生人，如果你一定想要的话……"

在这哪怕是奉承也绝对称不上大的房间里，这箱子似乎很碍事，而且他可能为金钱所困，决计不可能放走我这自投罗网的冤大头。

"这个数怎么样？只要你花钱买下它，无论你是想把它撬开，还是慢慢地对密码……"他用手指比出一个数。倒也不是个付不起的金额，勉强还能给我留点回家的路费和便当费，不过要是想买啤酒和周刊就得忍忍了。

然而，我不能就这样轻易地让他称心如意，毕竟也不知道这是不是"叔叔"——似乎他正确的名字叫"锻治町清辉"——的东西，无法保证这不是赝品或是一堆破烂。

"不，不能这样，"我正打算推辞，忽然想到一件事，"不如这样，你问问你父亲，如果他说可以转卖给我，那我就按你说的价钱买下这箱子，你觉得怎么样？"

5

三十分钟后，我乘坐着男人开着的轻型卡车，循着山道来到某个养老院。

如今的养老院大多是明亮而开放的，这里却显得有几分阴森，而且不知是不是天气的缘故，这里透出几分寒意。

男子不情不愿地同意了我的提议，一方面是他想把那箱子卖给我，另一方面恐怕也因为他会因无视父亲的意愿而感到内疚吧。

穿着去参加葬礼的黑色丧服来这里多少有些不合时宜，但我别无他法，只得解下领带。不难想象，大家看我的眼神一定像是看到了什么不吉利的东西。

尽管这样做毫无意义，但我还是尽可能不引人注意地弓着身子，朝着昏暗走廊尽头的一间屋子走去，随后便看到那男人的父亲躺在角落的床上。如果说儿子长着一张干瘪的黄瓜脸，那父亲的脸看上去就像是干硬的梅干。他眼窝深陷，嘴角因牙齿脱落而凹进去，显现出衰老的残忍与无情。中年男子熟练地扶起他父亲消瘦的身子，突然在他父亲耳边喊道："爸爸，是我，你知道吗？我今天有点事找你！这人似乎是锻冶町先生的亲戚，他很想要那个箱子，所以我想得到爸爸的允许。"

他这一喊把我吓了一跳，面对他这般自说自话，我倒是有些慌张，毕竟我并非锻冶町先生的亲戚，说起来我连和他是什么关系都……寻思着这些，我错过了纠正他的机会。

然而，他父亲毫无反应，一时间气氛有些尴尬。中年男子像是打圆场一般拿起旅行箱，"嘿嘿，老爸你看，就是这个，锻冶町先生留下的纪念品。"他给他父亲看了一眼又立刻将箱子放回地上。

本以为这次也要徒劳而返，没想到他父亲扭动着细细的脖子，呆滞的双眼盯着箱子，然后又看向我。

"能明白吗？这位就是……话说你叫什么来着？"中年男子正准备说话时，他年迈的父亲突然举起了双手，将盖在毛毯下的手举到眼前,然后撑起上半身向前倾斜——笔直地朝我扑来。

一瞬间我以为他会掐住我的脖子,但那双因年老而布满皱纹的手最终抓住了我的右手。他的力量极弱,我能轻易甩开他,但却任由他抓着我。这位年迈的父亲用他那双不知是否还能看得见的眼睛,仔细端详着我的手心。

突然,他凹陷的嘴角扯出一个微笑,说那是微笑未免有些太古怪了,但我想他应该是笑了。然后他用没有牙齿的嘴,出奇清晰地说道:"真是个漂亮的人儿啊……"

话音刚落,他一下松开握着我的手,两手啪嗒一声搭在毛毯上,随即闭上了眼睛。中年男子急忙抓住他父亲的肩膀,大喊道:"爸爸,箱子怎么办?能卖给……不,能交给这个人吗?可以吧?"他父亲的口型似乎在回答这个问题,但只有微弱的气声,几乎听不见任何声音。

我看他好像说了句"无妨",中年男子也松了一口气,重复道:"他说'无妨'。"他的表情突然变得贪婪起来,方才对年迈的父亲所表现出的一丝关心此刻已经完全消失了。

不过,这也是无可奈何的事。

我来到走廊上,默默拿出了钱包,毫无怨言地支付了比先前高出不少的价钱,接过了那个箱子。

来到养老院外,天色已经完全暗下来了。雨依然下着,雨势比白天还要大。

因为花了不少钱,我连出租车都舍不得坐,而是让他用轻型卡车送我去了车站。这个势利的男人不再和我说什么,不过似乎是察觉到这样不好,他说道:"不好意思,我父亲总是那样,有时甚至有些莫名其妙的举动。不过他也上了年纪,请原谅他吧。"

他出于歉意跟我搭话,我正好借着他的话头问道:"你父亲刚刚似乎想说什么,他说了什么呢?'某某真是个漂亮的人儿啊',中间可能提到了谁的名字,你有什么头绪吗?"

"不,完全没有。"中年男子干脆地否定道。之后我们便沉默不语,幸好很快到达车站,我便与他分别了。

临下车时我对他说道:"今天谢谢你了……也请向你父亲问好。"中年男子盯着挡风玻璃说道:"不,他已经不行了。"他打断了我客套的问候,让我一时哑口无言。他继续说道:"是你强人所难,我才带你去见他的,他今天能说这么多话已经是个奇迹了,人家也说他活不了多久了。不过他似乎很在乎那个箱子,这也算是我最后的尽孝了。"

"什么?那……"

"再见。"中年男人打断我的话,发动了轻型卡车。

雨势越来越大,我无暇目送他离开,慌忙地冲进车站。

6

之后我穿着黑色丧服,没有系领带(它被塞进了口袋里),左肩背着常见的挎包，右手拎着颇具年代感的大皮箱，打扮奇异地乘着新干线回了东京。以前两个半小时的奔波几乎没什么感觉，但这次却令我倍感疲惫，等我回到家中时，已经累到反而睡不着了。

我甩下身上的丧服，一屁股坐在椅子上，然后拉开一罐鸡尾酒，漫不经心地看着电视，对放在地上的箱子十分在意。

如果不能打开它看看里面的东西，这箱子也不过是个碍事的物件。虽然我一番苦战，尝试打开锁扣，但却徒劳无功。当然我也可以划破皮革，或者直接破坏锁扣，但我绝对不想这样做。

年幼时，我曾美其名曰"修理"坏掉的玩具和机器，结果让它们坏得更加彻底。考虑到有好几次这样的前科，而且几十年过去了，我在这方面的技巧毫无进步，所以最好还是不要轻举妄动。由于这是数字密码锁，完全可以一位一位试出密码。然而这种做法不知要花几个小时，并且看这箱子的样子，说不定在我"中奖"前它就会坏掉。

看来只能请专业人士看看了。我决定放弃挣扎，幸好有朋友经营古董商店，听说很多古董都上了锁却找不到钥匙，如果是他说不定可以给我提供一些对策。我心里虽是这样想的，却无法抑制好奇心，越看越觉得只要把它放在舞台上，就仿佛有什么好戏要开演一般。它曾经的主人——锻治町清辉，是个什么样的人物呢？光看箱子表面贴着的标签——仅是一一探究它们就是个浩大的工程——就能想象他的活动范围有多广。

越看越想对箱中的内容一探究竟，我拿着它时能感觉到其中确实有东西，摇一摇也能感觉出里面有什么在晃动。

稍微试试看吧，就稍微试一试……

我坐在行李箱旁，试着摸了摸数字锁，随意拨动着小窗中的数字，时而侧耳倾听，时而直接贴在上面，看看它是否有什么反应。不过显然这样并不能把它打开，锁的周围安静得连一根针掉在地上都清晰可闻。

还是不行吗……我随意停止拨动它，准备再喝一罐酒就去睡觉。

正在这时——"咔嗒"。

一声微弱的金属声响起，先前纹丝不动的锁扣一下弹开了。

一时间我甚至没明白发生了什么。可能因为早早就放弃了，我甚至不敢相信我的期待竟如此轻易地实现了。

这是怎么回事？我看着小窗，心情难以名状。

上面显示的，是我自己平时会用来锁住行李箱，或用作密码的那串数字。它与常见的生日密码毫无关联，是我很早之前就无意在使用的。这究竟是何种偶然？

总之，还是先开启神秘之门吧。我将箱子放平，按捺住激动的心情，慢慢抬起箱子的上盖，这时……

"这……这是……"

我毫不惭愧地说着那些平庸而拙劣的用于表达惊讶的台词。若是把这些词写进剧本，一定会让演员感到头疼吧。箱中是一个留给大人的缩小版童话仙境。

有复古的法国新艺术主义及装饰派艺术杂志，有印着三色照片的明信片，有不知是用哪国语言记录的文件，有望远镜和折叠式相机，有装饰得闪闪发亮的钢笔和时髦的烟盒。此外还有一个满是划痕的笔记本。我打开一看，发现里面写满了字，不少地方还画着笔触相当熟练的素描和插图。

其中还有一些没法一瞬间辨别出来的东西。在一些小小的玻璃板上刻着极其细致的图画及色彩，或是印着黑白照片。我绞尽脑汁才意识到它们看上去像学校里放映的幻灯片，原来这是幻灯片的底板。

此外还有不少照片，拍摄对象既有充满异国情调的奇妙风景，也有人物，而人物照中有东西方的各色美女。

我将喝到一半的鸡尾酒凑到嘴边，一边啜饮，一边欣赏着这些宝贝。

如果这些不是现成的写真，那说不定这个叫锻治町的人艳福匪浅——一想到这里，我忽然想起在那阴森的养老院里见到的那位老父亲曾说过的话。

"真是个漂亮的人儿啊……"

从他的话来看，恐怕说的是一位女性。若果真如此，说不定是这其中的某一位。虽然这是毫无根据的空想，但现阶段倒也没有什么否定它的证据。

若说还有谁能对此做出判断，非那位老父亲莫属了——正这样思索时，一直开着的电视上，没完没了、无聊透顶的深夜综艺节目终于结束了，电视上开始播放新闻。

不经意间传入耳中的是这样的内容，"……县……市发生大规模的山体滑坡，部分住宅和别墅区遭受泥石流灾害，本次灾害是因近期长时间降雨导致地基松动造成的，但也有人指出该地区长期存在地下结构劣化问题。受灾最严重的是×××一带，目前该地区很多建筑内无人居住，尚未证实存在人员伤亡，但附近养老院内有一名老年男性失踪了。由于该男子曾住在受灾地区，其安危令人牵挂。"

罐子从我手中滑下，滚落在地板上。

这便是我追寻"叔叔"身影的第一步。

落幕。

叔叔的明信片

1

　　那仿佛是一座掩映在葳蕤林野间的童话之城。

　　我因某部刑警连续剧的工作，来到了一个闻名遐迩的别墅避暑胜地。尽管此时的天气让人不由得想要逃去避寒之地，但遗憾的是，因剧情发展我不得不来到这里。

　　虽然出演了很多电视剧，但我演的总是些无名的小角色。这次的角色台词很多，也是剧情中的重要角色，因此很值得一演，不过估计大部分观众在我出场后就很快会把我忘掉。说到我这次饰演的角色，是主人公的老朋友（但说不上是挚友）、恩师，是讲述当地历史，给主人公提供推理线索的乡土历史学家，又或者是曾经给失踪的嫌疑人看过病的乡镇医生。有时看过去的老电影，那些颇有韵味的配角演绎出的独角戏也极有雅趣，让观众乐在其中，不知现在的观众作何感想呢？

　　我饰演的角色以驻地警察或派出所巡警居多，这些角色会对主人公讲述过去的案件，告诉主人公那些相关人员出人意料的信息。这样想来，在这类电视连续剧或电视故事片中，这些角色也为案件侦破做出了不少贡献。

不过最近来找我演这类角色的委托也变少了，可能因为我的年龄不再适合演现职警察了，我正因此有些感伤，幸运的是这次久违地让我饰演了一名乡镇刑警。

这一天我饰演的角色和以往的角色类型相差不大，是向由某位最近人气下滑的中生代女演员饰演的律师，就某位与杀人案有关的人员的过去，吐露出长年来心中的疑惑，当然我这名角色也为解开真相提供了重要的线索。

我是个很讲究的人，哪怕只出演一个镜头，我也会读遍台词本的每个角落。若是有原著，我也会好好研读原著，因此我知道我的证词在故事中会发挥怎样的作用。这就有几分奇怪了，区区一个乡镇刑警做梦都不可能知道真相，别说是目睹这场悲剧的高潮，最终可能连结局都不知晓。因此我越是研读剧本，就越觉得与我所饰演的角色相背离，尽管如此，我还是很难只看自己要出演的部分。

不过我想，出乎意料的是，人们往往不会注意到身边发生了什么，都只是看到人生中一个个片段，而除此以外的部分，人们其实无从知晓。

在等待时我正寻思着这些，不知不觉间我的部分很快拍完，可以原地解散了。虽说是原地解散，但其他的演职人员还有录制工作，因此就剩下我一个人。最近即使只是这种程度的工作，也令我倍感疲惫。通常我会直接回家，但今天我却忍住了回家的念头，询问起拍摄现场的协调人员。

"请问五棱酒店的旧址,离这里很远吗?"

2

旧五棱酒店于明治三十七年(1897年)开业,据说是日本现存最古老的酒店建筑,它曾被称为"高原的鹿鸣馆",达官显贵、绅士淑女曾云集于此。如今它早已停业,成了吸引游客的重要文化遗产。

虽说古往今来这里都是度假胜地,但一旦过了旺季,就连中心街区也格外冷清,本该是著名的观光景点,但这一带却人烟稀少。既是淡季,又是工作日,加之天气阴沉,有这番光景倒也顺理成章。周围的树木郁郁葱葱,叶片油亮茂盛,更给人一种寒冷的感觉。中途的停车场里没看见什么车,我一人默默地踩着砂砾前进,寻思着今天该不会休馆吧?这时,我的目的地出现在灌木丛的尽头。

"这是……"我不由得呢喃出声,然后心中暗自揣度起来。这里和叔叔明信片上的风景一模一样,换言之,这里和叔叔造访此处时相比毫无变化。

名为镶板风格的木制饰板结构精美地被组装在建筑外侧,给房子镶了一层白边,看上去像是精心制作的西点。下面的外墙隔板如同巧克力一般,而从屋顶向外隆起的五角形塔楼便如同砂糖或翻糖的糖花,或许这就是"五棱"这一名字的由来。

如果把这栋建筑整个装进漂亮的盒子里,带给排练场的年轻女演员们看，可能三两下就被她们拆开吃掉了。随着我不断走近，这可爱的西点也越来越大，实在难以外带回去，而我也被吸入这装裱精美的"蛋糕"之中。

仔细想来，已经很久没有这番举动了，过去我经常在外景地和演出地点寻找历史名胜，工作一结束就到处逛逛，但最近却总提不起这份兴致，每次都想着下次有机会再去——尽管不一定能有下次，但最后我总是自欺欺人地踏上归途。

不过这次却有不直接打道回府的缘由，而这缘由便是那位叔叔。在和这里有着同样地名的破败小城里，我拿到了锻治町清辉叔叔的旧行李箱。偶然之下我打开了箱子上的锁，无意中看到了他的遗物，这也是我追寻自己模糊记忆之旅的开端。我本想找机会让古董商或古董收藏家看看，甚至连找谁都想好了，但他们不是在旅行，就是外出收购古董去了，短期内没能见到他们。反正我原本只是想请他们解开箱子上的密码锁，而这件事目前已经解决了。

我小心地不把箱子里的东西翻得乱七八糟，保持里面物品的摆放位置和顺序不变——毕竟我是个马虎人，深知自己随意翻找肯定没什么好事，于是我先检查了我所能看到的物品。

首先映入眼帘的，是箱子上贴着的宾馆和船运公司的标签。它们颜色鲜艳，大多数都是国外的，名字看上去也不像是现存的公司，看来没法很快查到。

唯一的例外是"GORYO HOTEL"——五棱酒店。这标签上的名字我似乎在哪里听说过。细看之下，我发现箱子里出现了一张印着同样Logo的明信片。它似乎是战前的东西，上面没有写收件人，也没有贴邮票，但寄件人处写着"本酒店 9.8 锻治町清辉"。他似乎在寄出前放弃了投递，明信片上用来写文字的地方还有用钢笔划掉的痕迹。这反倒勾起了我的注意，我用放大镜仔细看了看，依稀能辨认出上面"那件事已顺利达成"的字样。

翻过明信片，发现是一张过去的三色照片。它色彩艳丽，着色梦幻，照片中映出全景的五棱酒店宛如森林中的童话城堡。恐怕无论是谁都会对它产生好奇，假设"9.8"是日期，那么在某年的九月八日，彼时尚且年轻的叔叔投宿于高档的五棱酒店，并在那里"达成"了什么。他之所以放弃投递，可能是对明目张胆地使用酒店的明信片而心生顾忌，如果是这样，"那件事"又是指的什么呢？

眼前只有这么多线索，怎么想都想不明白。如此一来只能前往五棱酒店一探究竟，不过我认为踏足那空有其形的观光名胜也不会有更多发现。这种想法让我又产生了一丝犹豫，不过这次因为电视剧拍摄的原因，需要前往×××，而且离五棱酒店旧址也不远。这样一来即使白跑一趟，也没太大损失，因此，此刻我便来到了这里。

古色古香的玄关旁有个小小的售票点，我在那里买了门票。起初门口空无一人，我有些困惑，便摇了摇放在咨询窗口边的铃铛，接着一位年轻女性走出来。她收下了我的钱，给我一张小小的门票，以及一本与其说是小册子，不如说是传单的游览指南。那名原本有些睡意蒙眬的女性见到我后大吃一惊，大概是对作为演员的我有几分眼熟吧，说起来我前几年出演过的刑警电视剧最近正在重播……当然也可能是我自作多情，不过就请原谅我这种程度的自恋吧。

如我所想的，一进去就是大堂和前台，不过此处的前台如今并不多见。在因时光流逝而变得有些发黑、失去光泽的前台后的墙上，设有无数分隔，恐怕放的是每个房间的钥匙，这东西现下恐怕只有在老电影中才有缘得见了。一瞬间，我宛如成了以这酒店为舞台的戏中之人，开始思考并不存在的角色。

仪容着装分外得体的老练职员站在柜台后面，笑容举止都无可挑剔，或许在那边布艺沙发上坐着一位久久不愿离去的外国人，等待着永远等不到的客人与信件，又或是有一位私家侦探，躲在那根柱子后面，悄悄观察着人来人往。

"大饭店总是这般，人们来了又离开，无事发生……"

虽然不及维吉·鲍姆笔下的柏林大饭店，但这里也有悲喜交加的戏剧吧……哎呀，我不是来对影视杰作发表那些年轻演员避之不及的评论的。

我抛下身为演员的看法，开始以来到外景地的导演或编剧的视角环顾四周。四处立着告示牌，墙上挂着相框和照片，彰显着这里的摆件大有来头，警告着来往的过客不可坐下或触碰它们。

细看之下，上面张贴着过去只有极少数人有幸品尝的西式全餐的菜单，刺激着我几小时前刚刚吃下外景便当的胃。尽管这里的照片都是仿制品,而非当时真实的照片,但从模糊的照片中依稀可以看见当时的好莱坞明星、达官贵人等造访此处的旅客的身姿,报纸的复印件中记载着贵客们的来访以及酒店扩建记录。

唯独有一个相框有几分奇特。

尽管价值不菲,但其他照片的相框都是极为朴素的,这却是一个具有时代特色的老式雕花相框。里面是一份发红的新闻剪报,最重要的是它的内容与其他相比大相径庭。这明显不是为了彰显这座酒店身为历史名胜而展出的照片,以现在的说法,可能更像是一段黑历史。毕竟新闻标题赤裸裸地写道:

五棱酒店晨间突发怪事

外国旅客 神秘失踪

滴落的血迹尽头 突然消失

由于日期栏是空着的,无法得知报刊正确的发行年份,但从文体来看,不像是战后的新闻。

本身纸质和印刷质量不佳,加上时间的风化,光是看清那些细小的文字就令我头晕眼花。而且全文没有句号,全是逗号,读起来很不方便,我只能强忍着继续读下去。

即使进入九月,本地首屈一指的五棱酒店依然是城里人避暑的好去处,外国人也不例外。不过近期发生了一件怪事,法国商人埃尔曼·勒梅尔于八日上午遭人袭击受伤后下落不明。

勒梅尔已在该酒店住宿三周，由于有每天早上喝咖啡提神、看当天报纸的习惯，该日，服务生按照其要求前往一楼偏厅的客房，并发现勒梅尔背后中刀，倒在地板上，幸好他一息尚存。惊慌失措的服务生离开现场并报警，其后跟着上司和同事们一同返回现场，但奇怪的是并未发现勒梅尔，只看见地上到处都是血迹。

附近派出所立刻派出警官调查，发现血迹从室内途经门后的露台到达河岸，并延伸至自古以来便传说永无尽头的星之洞穴附近。关于这一点，据该酒店的服务员称，同日早上为进行晨间清扫和安全确认曾来到酒店后面，并发现河滩上部分石头沾有赤黑色的污渍，不过该服务员当时并未发觉有任何异常。

根据现场鉴定人员的鉴定结果，这些血迹的血型相同，可被认为属于同一受害者。勒梅尔恐怕是在洞穴附近被某人刺伤，然后沿着河岸踉跄前进，经由露台进入室内后晕倒，在被服务生发现后突然消失……

简而言之，住在该酒店的法国客人在外面被刺伤，勉力回到酒店的房间后倒下，不久便神秘消失，而这种奇闻怪谈被记者一板一眼、大张旗鼓地报道出来。

即使真假难辨，我却不由得继续看了下去，内心微微一动。原因在于新闻中无意提到"九月""八日早上"，似乎与那封尚未寄出的明信片上的"9.8"有着似有似无的关联，而我淡淡的怀疑最终因为后续模糊不清的文字而得到了证实——这明明是新闻报道，为什么排版如此不规则呢？

凶手？被害者

谜之人影

在一段小标题后，密密麻麻地记载着如下报道。

尽管尚不知晓埃尔曼被何人所伤，但比起酒店，更值得关注的是一段目击证词。目击证人称看到有人沿着这条从星之洞穴延伸至河岸的血迹前进，这究竟是受害者走向死亡的身影，还是意图谋害勒梅尔的凶手的身影，着实令人关注。

该目击证人是住在同一酒店的贸易商人锻冶町清辉，他声称在案发早上看到有人影前往洞穴。

读到这里，我眼中精光乍现，那五个小字也被扩大到极限。

锻冶町清辉！

我做梦都没想到会在这里看见叔叔的名字。如此一来，明信片上的"9.8"和这篇新闻是同一天吗？在这个法国人埃尔曼·勒梅尔被不明人士刺伤并最终消失不见的酒店里，叔叔也正好下榻于此吗？甚至他还为这个案件提供了关键证词。

自然而然地，我凝神继续看后面的内容。

事情怎么会这样（以我的年纪来看，这种说法实在有些过时了），新闻到这里就结束了，后面即使想看也看不到了。

而且我竟然在这里站了这么久！我猛地回过神，急急忙忙沿原路返回。来到门口，我偷偷看了看刚刚的售票点，这次无须摇铃，那个一脸睡意的接待小姐正站在那里。

"你好，我想问问这里的展品……"我将那收录了当时新闻报道的相框，以及它所展出的位置向她说明后，问道，"我想更详细地了解一下那篇报道，请问你知道哪里有那篇报道的后续吗？"

"……您在说什么？"

她似乎完全没能理解我的问题，呆呆地问我，我不禁按捺住心中的焦躁，"就是之前发生的杀人……不，报道中没写受害者身亡，应该算是伤害案件吧。这里不是展出了过去新闻的复印件吗？我想更详细地了解那件事。"

"啊，那个啊，"接待小姐打断我的话，语气有几分厌烦，"那并非我们这里的正式展品，也不知是谁挂上去的，所以关于内容我也无法回答……如果您觉得碍眼，我把它拿下来吧？"

"啊，也不必如此。"我急忙说道。她又恢复原来睡眼惺忪的样子，不再继续说话，突然她好像想起什么似的，开口说道："那个，这位客人。"

"什么事？"我探出身子问道。她回答说："今天还有十五分钟就要闭馆了，如果要参观请抓紧时间。"

"什么？"我闻言看了看手表，离傍晚还有一大段时间，但从入口处拿到的指引传单来看，上面确实记载着即将到来的闭馆时刻，看来这里并不太关注客流量。

既然如此，多说无益。我折返回去，用剩下的时间尽可能参观这个"高原的鹿鸣馆"。

3

"那可真够呛的啊，不过以那位小姐来看，即使能告诉你馆内展品的由来和看点，但她对除此之外的东西毫无所知，也不感兴趣吧。"电话那头带着笑意说着话的，是一位与我相熟的资深广播作家。他与我年纪相仿，在这个一旦比制片人和导演年长就容易被敬而远之的行业里，他是个相当能干的人。

"话虽如此，她本可以更亲切地再告诉我点什么嘛。等我参观完了，再去看那相框时，包括那相框在内，几乎所有的展品都被布遮住了，根本看不见，让我大吃一惊。"

"解决烦恼的根源，移除固定展品之外的东西，能避免多余的工作，这也是人之常情。"

"是这样吗？"

"是这样啊，博物馆需要解说员，图书馆需要图书管理员和专家，但这些职位在地方上都不做正式招聘，只招工作关系不稳定的临时工，这些地方本身只是官员们熬资历的地方而已，真是世态炎凉啊。"

"所以是时候发挥你的实力了。"

"确实可以这么说。"

他毫不客气地自夸道,毕竟在调查方面他可是个专家。他曾参与制作过一些无人不知的节目,在节目中回答观众的各种问题,寻人找物,或是挖掘一些出人意料的小知识,每个节目都大获成功。

大家听了可能会笑出来,我曾做过美食评论家,虽然只是去拜访居民区的名店,并没有我所担心的那样不自在。我也是在那个节目中与他变得熟稔起来的。

在旧五棱酒店意外地发现了叔叔的名字,而下一瞬间线索就断了,甚至连关键的相框都没能再次看到,实在令人为难。我匆忙结束参观后看了一眼售票处,居然连窗帘都拉上了,我也没看见那位女士的身影。走投无路的我一下想到这位广播作家,他听了我的话后,给出了这样的建议。

"刊登这篇报道的报社十有八九已经不存在了,即使真以某种形式继续存在,想要找到后续报道几乎是不可能的。这件事在会出版缩印版的中央报刊上刊登的可能性也很小。图书馆?今时不同往日,保存新闻报刊实在过于冷门,所以也指望不上。而且你现在还在当地,那么首先应该去找的是——市政机关。"

"市政机关?我怎么感觉你刚刚才说了人家的坏话。"

"一码归一码。"广播作家平淡而自豪地说道,"也没必要藏私，我告诉你一个秘诀吧，去市政机关请他们介绍你去教育委员会。只要去找教委，一定能找到研究当地历史的教师，即使没有这样的人，他们也会为你介绍一个的。毕竟无论在哪里都一定会有这样奇特的研究人员，而最清楚这些人的就是教育委员会了。"

原来是这样吗，我姑且相信了他的说法。幸运的是市政机关近在眼前，而且与他们的沟通出乎意料的顺畅。尽管对刚才的接待小姐并不管用，但年纪稍大的人多少还是认得出我这张脸的，这也是有利因素之一。

看来即使是小角色也尽量能演就演吧——带着这样的心得，我离开了教育委员会。

"感谢您远道而来，很高兴您能关注到勒梅尔案件，所以是要将该案作为大战前的秘闻拍成电视剧吗？"

面对对方充满喜悦的提问，我连忙解释道："不，并非如此。"不过对方不知是认真的还是在开玩笑，丝毫不掩饰对拍摄电视剧的期待，"不，这可是相当值得一谈的案件，那您想知道些什么呢？"

面对对方轻松的语气，我略有些谨慎地说道："我想知道发生在五棱酒店的案件的详情，那个案子最终怎么样了，抓到凶手了吗？不论是死是活，那个失踪的勒梅尔最终找到了吗……而且我听说似乎有人做出了重要的目击证词？"

"这你都知道吗？"男子高兴地说道，"从结果而言，这案子是个无头悬案，勒梅尔生死不明，也没抓到凶手，明明目击证词都说看到了那人。"

"那目击证词是……"我按捺住内心涌起的兴奋连忙问道。

——这便是我经教育委员会介绍后,在一个自称地方史学家的人的住处与他交谈的内容。说是住处,也就是破旧公寓里的一间屋子,这里的屋主是个四十来岁、不知道做什么生意的微胖男人,和我以往饰演的角色大不相同。从他的话中我渐渐得知,这栋公寓是他父母所建,他住在其中一间,靠着租金收入过活,已经赋闲在家几十年了,按他本人的说法是沉迷研究。他家中堆满了发霉的书籍、泛黄的文件以及充满异国风情的民间艺术品,让人不由得想问他去哪里探险了,而且,他言语间还透露出自己会定期发表论文、汇编资料,我本以为是有什么大作,没想到他颇为自豪地向我展示的是他的个人网站,以及上面上传的大量文章。

"那个目击证词啊……你看看这个。"这名自称的地方史学家高兴地拿出了一本旧书,标题为《城镇奇谭 明治百年》,我很快就看出这是一九六八年左右大量出版的回忆录之一。

因为对《明治百年》一书有些印象,我本以为它并非是很古老的书——细想之下,却惊觉这已是许久以前的作品了,更重要的是,摊开的书页上出现了"五棱酒店的怪异案件"这一标题。我的目光不由得被这内容所吸引,而自称地方史学家的人带着自满的表情说道:"这是我们本地出版社出的书,尽管是依据了当时报社工作人员的回忆,但上面补全了在旧五棱酒店被某人展出的新闻里因为字数限制而没能全部报道出来的事实。"

"某人……指的是？"我插话道，"在那里挂出相框的人不是你吗？"

尽管在来时我暗自作出这等猜想，但对方连称"怎会如此"，并摇头否定道："虽然为了改变大家对地方历史和文化漠不关心的态度，我有时会采取一些强硬手段，但那应该是现在的运营方或是某位慈善家做的吧。我是完全不知情的。先不说这个。"

这位自称地方史学家的人像是要扳回一局似的，展示着《城镇奇谭》说道："根据这上面记录的回忆，当时有位客人正好住在酒店二楼某个能俯瞰整个河岸的客房内，他早上无意间往外望去，发现一个男人沿河岸跌跌撞撞地前进，而且正好是从勒梅尔所住的那一栋前往星之洞穴的方向。顺便一提，关于这个洞穴有很多传说，有人说它通往黄泉之国，也有人说可以从地下贯通并到达一山之隔的国家，不过其实走个十米就到尽头了。关于这个洞穴我还写过一篇论文……啊，你现在没法看到，真可惜！

"这个姑且不论，当时警察和酒店工作人员都推测那是勒梅尔出于什么目的前往洞穴。不过，勒梅尔之后在星之洞穴被某人刺伤，濒死之际，他返回了自己的房间。这也太奇怪了。"

"哪里奇怪？"我也察觉到一丝怪异，故意问道。自称地方史学家的人答道："你听好，光凭新闻报道的内容是无法判断的。尽管当时工作人员并未觉得异常，因为确实在河岸上发现过血迹，但即使是夏天，那也是在光线昏暗的清晨。如果能从酒店窗户看见沿河岸前进的人影，也必定是天色更亮的时候，也就是说人影是先在河岸上留下了血迹，再前往洞穴的。这样一来，在勒梅尔被刺并返回房间之后，有人前往了洞穴。换言之，有人在洞穴刺伤了勒梅尔，返回酒店后再次前往洞穴，哪有这么奇怪的事！"

"确……确实。"我头脑混乱地回应完，看着对方的脸问道，"那依你来看，事情真相究竟如何呢？"

"以我的看法……也就是说你在让我作为侦探进行推理，对吧？"

虽然我并无此意，但对方似乎坚信不疑，还颇为高兴，我也没必要反驳他，"嗯，算是吧。"

面对我的回答，自称地方史学家的人展露出兴高采烈的笑容，缓缓开口道："根据我的推理，凶手就是那个叫锻治町清辉的男人，是他刺死了埃尔曼·勒梅尔，并藏起了尸体。"

"怎么会！"我不由得说道，"为什么会是这样？"

"为什么会是这样，毕竟除此之外别无其他可能啊！"自称地方史学家的人并不知道我和锻治町清辉叔叔的关系（事实上我也不太清楚），自豪地说道，"他看到了不可能出现的人影，就只能认定他在说谎了。至于他这样做的原因，只可能是为了扰乱调查，避免被当作凶手抓住。鉴于此，凶手只可能是报道中作为证人出现的锻治町清辉了——这样便Q.E.D（证明结束）了。"

别说是在日常生活中了，就连我出演的推理电视剧中都没听过像这样令我难以置信、不着边际的Quod Erat Demonstrandum（=Q.E.D）。

"告辞。"言罢我站起身来。自称地方史学家的人瞪圆了眼睛说道："什么？明明接下来才是最有趣的地方……"

这位自称地方史学家的人略带疑惑，说得意犹未尽，但我对他道谢后就离开了他的公寓。尽管出于工作原因，我想尽量光明磊落地离开，但内心充满了动摇与混乱。

在旅途中的那个如今已失去其作用的古老酒店的角落里，在旧报纸的报道中，我发现了叔叔的足迹。光是这样就已经令人震惊，而且叔叔还是作为某个血腥案件的证人登场，甚至在刚刚那个自称地方史学家的人口中，叔叔竟然成了命案真凶。很遗憾，我曾经在几部电视剧中出演过能干的刑警，不得不说这结论实在过于离谱，令人难以苟同。若是放在以前姑且不论，在观众眼光越发挑剔的如今，哪怕是最笨最迷糊的刑警都做不出这般推理。不过不可否认的是，叔叔在这个案件中或有意或无意地充当了证人的角色。

为了确认真相已经花费太久的时间，留给我的时间已经不够了，外面天色已暗，必须决定是否要回去了。

我已经没有继续待在这里的理由，就算勉强留下……我不由得开始心情低落地思考这些问题，此时口袋中的手机突然响起，彰显着自己的存在感。

是那家伙吗？尽管不得要领，但一瞬间我眼前浮现出了那位广播作家的脸，正是他告诉了我在长年的工作中总结出的调查秘诀。不过，显示屏上出现的并不是他的名字。

"你好，是我……你们那边还在拍摄吗？辛苦了……什么？我现在还在这边……要重拍吗？好的，好的……我知道了，到那时在同一个地方集合就行了吧？啊，还帮我安排了住宿吗？真是太感谢了，好的，再见……"

我将手机放回口袋中，一时间有些恍惚，虽然不清楚具体是什么情况，但似乎今天拍摄的内容完全不行，需要重拍。若是平时可能会令人不悦，但唯独今天对我而言却是正好，毕竟相当于我被半强迫地留在了这里。

走了一会儿，我找到了出租车，将电话中被告知的酒店名字告诉了司机。筋疲力尽地瘫在座位上，我心中不禁有些五味杂陈。这也难怪，毕竟我被意外地安排了一个棘手的任务，要么证明叔叔的清白，要么推导出与之完全相反的结果。

4

也不知昨天拍摄的部分哪里有问题，今天我如同昨天一般分毫不差地演完了乡村刑警的角色。显然并不是我饰演的部分出了什么问题，不过我也没有再问下去的意思了，毕竟我们能知道的，终究只是这世界很小的一部分而已。

和昨天一样，我一人离开了拍摄现场，再次前往五棱酒店旧址。

我有些不想再见到昨天那位接待小姐，并希望今天是不同的人值班。当我在售票处看到那熟悉的睡意蒙眬的面孔时，心里多少有些失望。我装作没注意到她，正要付钱进馆参观时，那位接待小姐却一改昨天的态度，变得极为殷切和蔼，她甚至从售票点出来，将我引导至酒店入口，让我大为吃惊。

难道她是每天都会性情大变的特殊体质吗？我有些疑惑地进入了馆内，将昨天只能匆匆带过的展品按顺序又细细观看了一遍。想到那个案件，今天我打算尽可能地进行实地检查，就像我出演的电视剧里每次都会出现的现场调查一样，不过首先我得再去确认那篇新闻报道，我担心昨天那位怕惹上麻烦的人把它取下来了，好在她并未这样做。突然我感受到了某人的视线，回头一看，发现视线的尽头站着一位上了年纪的绅士，他身着黑色西装，花白的头发梳得一丝不乱，看上去性情温厚。

"……"

我有些诧异，总之先点头示意，对方也深深鞠了一躬。我正准备离开，没想到对方先开口说道："您好，冒昧地问一下，昨天在此认真看这篇报道的人是您吗？"

面对对方突如其来的问题，我不禁捏了把冷汗，连忙回道："是我没错，请问你是？"

身着黑西装的老绅士行了个礼，"这可真是失礼了，我是这里的馆长，听我们的员工说了您昨天来参观的事，我们是不是有什么地方礼数不周？"

"啊……"接过对方印有观光业某大型龙头集团企业名称的名片，我把想说的话又憋了回去，毕竟抱怨昨天接待小姐的失礼也并无用处，而且从这位馆长说话的语气来看，即使我不说，对方也早已知道了。

"想必您对那篇报道相当感兴趣，您是有什么线索吗？"他沉稳却充满自信地问道，说不定甚至已经知道我去过教育委员会，还见到了那位自称地方史学家的人。

"是的，其实这篇报道的角落里出现名字的这个人，是我的亲戚……不，是我的旧识。"我干脆亮出了手中的底牌，对方端正的脸上闪过一丝惊讶的神情，然后静静讲述了起来。

"是吗……其实这相框和收藏在其中的新闻，都是某人捐赠的，当时他强烈要求这篇报道被更多到酒店参观的人看到。如果能让或许某天会光顾此处的、与锻治町清辉有关的人看到，那便再好不过了——事情就是这样。"

"与叔叔有关的？"我差点大声说出来，但又憋了回去。毕竟我们并非叔侄，这种说法可能招人误解，我冷静了片刻说道："难道你知道这个叫锻治町清辉的人吗？你……"

面对我大胆的询问，馆长先生静静摇了摇头，"不，我什么都不知道，不过因为是和我们集团交往颇深的团体介绍的，所以只是如实按照捐赠人的要求这样做了而已。"

对方饱含深意地含糊其词,我自然不能接受,急切地问道:"那个团体叫什么?"馆长从刚刚开始一直挂在脸上的和善笑意微微收敛了一点,说道:"具体情况恕我不能详谈,不过据说是一个在二战时对抗纳粹德国的国际性人民反抗组织。"

5

随后,我来到旧五棱酒店的后面,沿着几乎没什么变化的河岸,走到星之洞穴附近。只是可能因为洞穴危险,所以早已被关闭,不复旧日光景。

几小时后,我瘫坐在回程的特快列车上,这次久违地买了绿色车厢的车票,算是对自己的小小犒劳。没错,关于叔叔的过去,我有了自己的想法。下面讲述的一切都不过是我的想象,不过,从过去到现在,在时间的洪流中有着无数虫洞,而填补它们的拼图早已遗失,只能靠想象或幻想来填补了。我明知如此,还是要大胆说出我的猜想。

那是欧洲被战火吞没,而日本也被卷入其中的时代,长期居住在五棱酒店的埃尔曼·勒梅尔作为抵抗组织的一员,是一名在这远东的轴心国试图夺回自由与和平的隐藏战士。

众所周知,法国早早便向纳粹德国投降,因而躲过了战争的蹂躏,但这使在本国以外的法国人处于一种微妙的立场。在这种背景下，勒梅尔正在执行一个危险的秘密任务，甚至可能负责将日本帝国的重要机密传达给盟军。这个被称为"高原的鹿鸣馆"的五棱酒店便是他的据点。不过他的秘密活动很快就被日本当局和驻日的纳粹谍报机关所知晓，他迟早会被抓起来。如果是这样，不光是自己的性命，就连其他在日法国人的生命安全都会受到威胁，于是勒梅尔不得不想出一个奇异的方式消除自己的存在，那便是装作被某人刺伤，在濒死状态下消失，实则逃亡到某个地方去。他精心设计这个计划，并最终付诸实施。

首先他趁着黎明前天色昏暗，将血迹滴落在河岸上——这血恐怕是他事先用注射器抽出来的。然后他让按照酒店习惯送来早报和咖啡的服务生看见自己背后被刺，这当然也只是伪装，用的是一点魔术小把戏。当受惊的服务生离开后，勒梅尔打开通往客房露台的门，并朝相反的方向逃跑了。当然，这一切不但需要精心伪装，还需要有人协助。

如此一来，无论是折返而来的酒店员工、后续赶来调查的警察，还是追踪勒梅尔的轴心国方面，都一定会上当受骗。他们必定会沿着从露台延伸至河岸的血迹，被引导至星之洞穴方向，甚至可能进行大规模的山间寻人，而那时，抵抗组织的斗士勒梅尔已经向完全相反的方向逃之夭夭，并潜伏下来，准备进行新的活动。

这时登场的，便是我们的锻治町清辉了，他作证称在二楼的房间看到有人影沿河岸向洞穴方向走去。这当然并非偶然，相反，他的行动也是被精心策划的。叔叔的职责是在明明没有人从酒店前往洞穴的情况下，伪造出勒梅尔去过的假象。换言之，锻治町清辉也是和平与自由的倡导者，反对纳粹及身为其忠实盟友的自己的祖国。

然而一个小小的差错打乱了这个简单却精妙的计划。在假装勒梅尔经过河岸之前，河岸上的血迹早已被发现。原本是装作勒梅尔在房间遇刺，前往洞穴后消失，而结果却完全相反，变成他在洞穴附近被刺，在濒死状态下返回了自己房间。

这样一来，锻治町清辉的证词——在某些情况下甚至可能会让他自己陷入困境——就完全失去了意义，最多只能算是让案情更加扑朔迷离而已。幸好他躲过了当局的怀疑，但光是在当地报刊上出现自己的名字，就足以令人捏一把冷汗了。

那张留在旅行箱里的明信片恐怕是寄给在抵抗组织里支援的同志们的，他虽然写下了"那件事已顺利达成"，但可能考虑到当时的危险处境，又很快涂掉，并放弃了投递。

不过勒梅尔和他的同志们并未忘记锻治町清辉的舍命相助，作为对他功绩的唯一公开记录，他们在五棱酒店展出了那篇新闻报道，并希望被世人看到——不过恐怕他们并不期待像我这样的人来解读它。

然而我最终来到酒店，看到了报道，甚至知道了叔叔的遭遇以及案件的真相。

"在侦探剧中虽然没能当上主演，但在现实生活中还挺有大侦探的样子，怎么样，还挺不错的吧？"也无怪乎我会这样自言自语。下个瞬间，我猛然从座位上弹起来，茫然地睁大了眼睛。

怎么会这样？我怎么会有这样愚蠢的想法。居然以为自己解开了谜团并让真相大白，简直是太离谱了。相反，这次的事让我意识到，自己打开了一扇通往更多秘密的大门，并被卷入风起云涌的旋涡之中。

叔叔——锻治町清辉，你究竟是何方神圣？

内心呐喊出这个疑问的瞬间，我脑中闪过一个场景。那仿佛是一座掩映在葳蕤林野间的童话之城，我仿佛看到"叔叔"从其中一扇窗户后面探出头来，微笑着向我招手。很快他的身影便渐渐淡出消失，慢慢被黑暗吞噬。

叔叔的植物标本

1

好似有台投影机在眼前闪烁。

在这个不算久违的休息日里,我在自己的公寓里无所事事地度过了一天。既无处可去,也无人要见,只能被迫选择留在家里。不过在我看来,这也算是自我休养了。

尽管一时兴起而开始某项工作,但我做事总是三分钟热度,这也着实无可奈何。本只想小憩一会儿,但我躺在窗边的地板上,不知不觉就睡着了。令人倍感困倦的午后时分格外的闷热,在此时打盹是非常惬意的,即使浅浅醒来,也很快就闭上了眼睛。原以为自己睡过头了,但出人意料的是并非如此。依着这个由头,仿佛是与依然明媚的阳光斗争一般,我打着盹,在浅眠与清醒之间浮沉。正在此时,在即使闭着眼睛也依然明亮的视野里,我看到一个黑色的东西在扇动,正确说来是在闪烁。

那是什么?

我略感纳闷地微微睁开眼,一瞬间耀眼的阳光立刻刺了进来,便马上闭上了眼,一瞬间我确实看到了一个黑影飞快地一闪而过。然而等我再睁开眼时,那里却什么都没有。所谓的那里,指的是阳台上的铝合金窗户，此时它正半开着，而纱窗则占据了另一半位置，那个黑色的、不断扇动的东西似乎附在纱窗的另一面。与其说是东西，可能说是生物会更合适，不过无论它是什么，此刻都已经消失得无影无踪了。

方才那是什么，难道是被风吹起的纸片或落叶吗？阳台上没有任何类似的东西。那就只有两种可能性了，要么是飞来的纸片或落叶又被风吹走了，要么就是什么生物。如果是后者，是鸟还是野兽呢？我连忙摇了摇头。错觉，一定是错觉，不然就是我睡迷糊了。我绞尽脑汁强行想出第三种可能性，说服了自己。

别看我这样，其实我实在不擅长对付昆虫（如果是六只脚的昆虫，我倒是没问题）、蛇抑或是最近在城市里到处乱窜的外来入侵生物。如果是在破旧的剧场里碰到这些东西，我搞不好会叫出声，引得后辈和工作人员一片鄙视。

不过比起这些，倒是有更需要我来担心的事。

因为刚刚那阵穿堂风的恶作剧，我身边的东西散落一地，如同开在野外的跳蚤市场一样。照片、信件、笔记、剪报——这些东西原本放在我"叔叔"的旅行箱中，我为了整理和检查就一直把箱子摊开着，顺便把里面的东西晾晒一下。至于为什么突然想到这些，是因为昨天一位年轻的女演员突然说："是啊，我打开之后发现全被虫蛀了，太糟糕了！要是不好好处理，之后可是要倒大霉的。"这让我不由得心中一惊。不过她这话倒不是对我说的，话题也是关于自己收起来的以及别人赠送的旧衣服。

听她说话的女性工作人员兴致缺缺地淡淡应和道："这样啊。"我从她身边经过，在内心里也嘀咕着"这样啊"，不过我突然开始不安起来，甚至妄想着万一叔叔的旅行箱里生了虫，不仅箱子里面，就连箱子外面都可能被虫蛀掉。

从这一点也能看出我是个爱操心的性子。比如出门在外，我会担心有没有锁门，有没有关掉咖啡机，而一旦开始操心起来就停不下来，脑海中尽是各种各样的想象。

不过先前担心的事情倒是没有发生，在我打开那在漫长的岁月里被遗忘的旅行箱时，里面没有任何危险的征兆，无论是虫蛀的痕迹还是蛀虫本身。不过，箱子里的纸张变得陈旧，墨水和颜料褪色，皮革和橡胶制品变质，金属制品也变得黯淡无光，除了这些时间风化的迹象外倒是没有其他变化。毫不夸张地说，这些东西看不出一丝因时间的流逝而带来的旧物特有的污迹，这恐怕是因为旅行箱一直保持着密封状态，发挥了时间胶囊的作用。如果让里面的东西暴露在现代污浊的空气中，我也无法保证它们能够一直保持目前的状态。

我曾看过一些故事或传说，那些考古学家在厚厚的土墙后挖掘出的遗迹和文物一接触到外面的空气，就很快化为尘土消失了。我越想越担心，所以这天早早就回了家，重新查看箱子里的东西，好在它们没什么变化。不过，我也不能就此放心，正寻思着怎么办时，突然想起在许久以前，老家的奶奶告诉我要找个天气好的时候晒一晒，考虑到第二天我休息，而且还是难得的好天气，因此我决定借助奶奶的智慧。

只是没想到这下反倒糟糕了，强风毫无阻碍地通过纱窗，把箱子里原本就纷乱的东西吹得满地都是。

"这可真令人头疼啊……"我一边嘀咕，一边将散落一地的宝物（虽然毫无根据，但这样想会很开心）收好。阴差阳错之下，我发现了一些原本不知放在箱子什么位置的、我从未见过的东西。其中，尤其引人注目的是一朵花。从被风吹得微微颤动的半透明纸张下面露出半截身子，颜色鲜艳动人，令人屏息，仿佛刚刚被摘下来一般。

这着实令人惊讶，细看之下，这花极其平面，而且也不可能有花能几十年不枯萎。什么嘛，原来只是一张画吗？但这画确实极为逼真。

我半是失望半是赞叹地拿起它，想看看是工笔画还是精美的印刷品，但似乎都不是。那是贴在灰色底板上的植物标本，在上面还覆着一层半透明的纸。尽管看上去鲜艳美丽，但本身只是一朵干枯的压制干花而已。

虽然弄清楚了它是什么，但疑问却并未减少。

别看我这样，其实在观星赏花这种风雅事上，可一点都不落于人后，甚至比常人知道得更多，不过这花我倒是从未见过。大大小小的花瓣重叠着，勾勒出美丽的花纹，花瓣上的色彩呈现出绝妙的变化，看上去状似漩涡，这花明明是静止的，却因视觉错觉而有种在微微摇动的感觉。

有些花已经凋谢，只留下了花萼，而有些是永远不可能再开放的花蕾。当它们还在土里时，当枝叶还柔韧水灵时，该有多么美丽啊！我不禁沉浸在漫无边际的想象中，甚至忘记思考一些重要的问题。

锻治町清辉叔叔为何会有这个植物标本，又为何把它封存在旅行箱中呢？

这个疑问无疑一扫假日午后的困倦感，这时一阵强风吹过，神秘的植物标本上的衬纸被毫不留情地吹开。虽然看上去栩栩如生，但毕竟只是干花，一下就被吹走了。我连忙用手按住它，结果反而不妙，衬纸仿佛只是被胶水轻轻黏住，很快就脱开了，随着啪啦啪啦的声响，我看见地板上散落着几颗黑色的颗粒。

是种子吗，难道是从植物标本上掉下来的？

我不禁寻思着，这可不能放任不管，不过也没法让它们重新回到花上，只得从旁边的纸盒中抽出一两张面巾纸，一粒粒拾起种子后包在纸里，然后顺手塞进了裤子口袋中。

虽然令人遗憾的是我摧毁了花朵保持了几十年的形状，但总好过弄坏植物标本本身。我正准备把衬纸重新贴上去时，眼前的景象却令我大吃一惊，原本被纸盖住的地方出现了类似标签的东西，上面用油墨印刷以及用蓝色钢笔写着如下文字。

ACHIGAWA INSTITUTE FOR NATURAL HISTORY

Babilaria Amoena Thunb.

Det. Shizumaro Achigawa, Ph.D.

Loc. Northern area of Hosen valley, ******, D.E.I.

Date 13 Mar. 194*

Hab. Grow in subtropical forest, margin of the natives' village. Ca 55m ait

Coll. Kiyoteru Kajimachi

当然，我没能立即精准理解这些文字的意思。一眼就能读懂的是顶部印着的全部都是大写的一列文字。

上面除了Det.和Loc.，以及Date（这个我能看懂，是指日期）之外，其他条目全是手写的，比起其意义和内容，首先让人搞不明白的是上面究竟记载着什么，第二行的Babilaria Amoena（重瓣银莲花）恐怕是花的名字，我能知道的仅此而已。

光是辨认出这些字母就费了我好大工夫，尤其是第四行，有些地方完全看不出来。从花形和标签倒是能感觉到这花并非在日本能采集到，除此以外我就一无所知了。不过对我而言，只要能看清最后一行就足够了，那已经褪色的蓝色墨水字迹仿佛大声地对我诉说着什么。

Kiyoteru Kajimachi——锻治町清辉。

这个名字出现在箱子里的东西上这点并不奇怪，毕竟这是"叔叔"的东西，有好些东西上都有他的名字，这些东西的种类千差万别。他似乎是个交友广泛的人，我今天打开箱子晒了晒，发现越发搞不清他的真面目了。我甚至不由得怀疑每次打开旅行箱时，里面的东西是不是被替换过，或是有所增加，因此即使其中混有一两朵令人感受到遥远异域风情的花，此刻也没什么可惊讶的。

可能是受赠的礼物，也可能是自己买的，想来这花应当有什么来头吧。不过如果是花朵标本的标签上写着他的名字，那又要另当别论了。虽然不知具体是什么形式，但我知道叔叔应该以某种方式参与了花朵标本的制作，我不禁有种预感，说不定他出人意料地与其有着很深的渊源。

2

我的预感是正确的。

"我看看啊，Det.是Determined by的缩写，表示物种的鉴定人；Loc.是Locality的缩写，表示采集地；Hab.是Habitat的缩写，用以记录生长地的环境；Ca是海拔。Date表示采集日，Coll.是Collector的缩写……是采集者的名字吗？果然……"

一开始我只是在心里自言自语，渐渐舌头也开始动了起来，从嘟嘟囔囔变为小声私语，到最后确实喊出声来。

糟糕！我连忙用书盖住脸的下半部分，偷偷望向四周。

这是一家位于购物中心的书店，这里的书很多，因此深受我的喜爱。此刻我正站在平时不会踏足的一角，站着阅读植物采集相关的书籍。为了查明那些栩栩如生的奇异植物标本，以及标签上记录的叔叔——锻治町清辉这一事实，我开始尝试阅读厚重的植物图鉴和植物学书籍。

首先想调查那可能是植物名的"重瓣银莲花"，只要图鉴与那压制干花一致，便算是取得了一些进展。然而在这浩瀚书海中盲目地寻找，别说能找出什么类似的东西了，我连该如何调查什么都不清楚，结果沉重的书几乎压伤我的手腕，最终我只得尽快将这些大部头放回书架。

说起来，那位教会我调查秘诀的广播作家，在很久之前曾告诉过我。

当时我非常佩服地对他说："你怎么对历史、地理和科学话题如此了解？而且我看你以前创作的节目，研究得也很透彻，果然是因为从以前就在学习吗？"他的回答是，"也有从前就开始学习的，不过大多时候是临阵磨枪的，不过我有个秘诀。"

"还有这样的秘诀吗？"

"总之你去看看面向初学者的书，尤其要抛下自尊，去看儿童读物，比如图鉴或者书籍。即使是学习漫画，其中每一格的考证工作都不可小觑，谁与谁以什么方式做了什么，这些书中会将事情的架构明确易懂地梳理出来。以历史事件而言，这些书会将人物关系和历史背景中最重要的部分毫无遗漏地解说清楚，由于这些书都是学术界泰斗监制的，因此正确性是有保障的。以前我研究日本太平记和南北朝历史时，发现即便每个故事都很精彩，但却看不清全貌，这让我百般困扰，但在看了面向儿童的历史书后，我惊讶地发现这些事件转眼间就被串联在了一起，不过这些大多是多年的畅销书，你倒是要当心近些年层出不穷的新书，说不定会出现错误。"

原来如此，我向儿童读物的书架走去，这些书读起来确实有趣，让人不禁想去采集植物，不过这些书可没法让我解读那全是英文的标签。

看完儿童书籍并大致有了眉目后，我又来到大众书籍区，找到一本内容几乎与儿童读物完全相同的书，翻开了"标本制法"这一页，上面记录着英文标签的制作方法。

于是，很快我就明白了。锻治町清辉叔叔在二十世纪四十年代的某个三月十三日，在未知的霍森峡谷北部地区一处与原住民的村庄相邻的亚热带森林里，采集到这种生活在海拔五十五米处的花。结合时代背景以及叔叔曾经是个年轻的贸易商考虑，可以说是非常独特的体验了。

想必一定有人引导着他经历这独特的体验，说不定就是标签中的鉴定人"Shizumaro Achigawa"，Ph.D是博士称号，自然而然可以认为是这人主导了对"重瓣银莲花"的采集工作，而印证这一切最有力的证据，就是标签上"Achigawa博物学研究所"之名。

拥有个人研究所，而且在那个时代就能去外地进行植物采集，怎么想都不会是寻常之辈，不过我似乎从未听闻过这般人物。Achigawa·Shizumaro——汉字写作"阿地川镇麿"，这个奇异的人物形象在不久之后便出现在我的面前。

那天，在演出空闲时，我和他久违地一起吃了个饭，这个"他"就是提议将叔叔的故事搬上舞台的那位制作人，地点和上次一样，是那个咖啡很苦、会经营到很晚的咖啡店。不过我们的话题倒和上次不同，他说是想听听我在剧团运营方面的意见，实则九成都是在抱怨演员和资金周转困难。

关于那出戏剧的事，我本以为他会问上两句，结果完全没有被提及的迹象。我本就刚刚有些头绪，还因不知叔叔的真面目而陷入谜团，所幸他并未提及此事。不过正因为他未提及此事，倒让我有些担心这件事可能会就此化为泡影，毕竟这在业界中再寻常不过了。因此当他说道："说起来之前那件事"，我半是放心半是为难，不知该如何跟他汇报，就暂且先回答道："关于那件事，其实之前……"

我刚开口，制作人胸前口袋里的手机边发出蜂鸣声边亮了起来，他立刻接起了电话。

"抱歉……啊，对……等等，我这就出来，抱歉，我马上回来。"

他话音刚落，便离开了座位。

我出师不利，被独自留在了桌边。

说是马上，但他迟迟没有回来。百无聊赖之下，我开始环视店内，突然桌上的杂志映入眼帘。那本杂志尺寸比A4略大，但比B4略小，是一本画报，内容由丰富的照片和以学者为中心的作家团的投稿组成。

没想到现在还有这么奢华的杂志啊——我仔细看了看封面，发现已经是十多年前发行的杂志了。不过它的封面和内页都如新书一般崭新，装订得极为精美，可能就是想在这种店或者沙龙里放一些往期的期刊吧。

我漫无目的地翻看着，惊讶地发现仅仅在日本境内就有这么多名胜与绝景。

大自然野性的视觉冲击、仿佛时间停滞状态下的民生、令人怀念的街景——在不久之前，这些景象确实存在于这个国家。

不，现在想必也是存在着的，只是已经没有像这样以其为主题进行报道的杂志了。曾几何时，在更为久远的年代，杂志（其实是指其中刊登的杂志广告）正处于鼎盛时期，也曾有人放下豪言，说单行本与小说将成为绝唱。

不，就连舞台表演也是，在徒有其表的繁华之下，梦想着从小剧场一跃成为大众明星的年轻人层出不穷。在那个年代，这种杂志也完全有其生存空间——我边想着边翻到其中一页，下一秒便不由得屏住了呼吸。

整版跨页上出现了一个略带异域风情的西洋公馆，说是西洋，倒有几分伊斯兰建筑的味道。画面上拼接着各式各样奇特的物品，有昆虫标本，有不知从哪本久远的博物学书籍上剪下来的、色彩艳丽的铜版画，还有一位垂眼看着它们温柔微笑着的俊秀绅士，而跨页上以哥特式字体写下了这样的标题来说明一切：阿地川镇麿的生活方式。

阿地川镇麿！他的出场方式实在可谓出人意料，叔叔的手提箱中那个植物标本标签上的文字突然之间有了具体的意象，浮现在我眼前，我沉迷地读起了这篇专题报道。它内容生动，仿佛从其中能够感受到杂志社的诚实，所述之事详尽而细致，让人移不开视线。我看得过于入迷，甚至连打完电话返回咖啡店的制作人问我的那句"怎么了"都没听见……

3

阿地川镇麿是大名华族的继承人。

根据他本人及亲属回忆，他的家族长年被繁文缛节束缚，他在终年不见一丝烟火气的阴森宅邸里长大。尽管如此，他拥有着只有上流阶层的孩子才能享受的特权，前往英国剑桥留学，并在学习中感受到了博物学的魅力。他发现这门学问并不只是实证科学，也涵盖历史、文学与美术，其内涵之广大令他心生喜爱。

尽管有悖于他那侯爵父亲及家族的期望，他依然不管不顾地全情投入于热爱的学科中，充分运用他学贯中西的文化修养，以研究灭绝动物与传说中的生物的论文获得了博士称号。他的才华得到了在动物学上颇有造诣的雷德佛德公爵和布劳施佩男爵的赏识,尽管这二位的年纪与他父亲或祖父相仿,他们依然成了忘年之交。此外,他还考取了飞行执照,参加了赛车比赛,还与多到需要进行博物学分类的女性们发生过富有传奇色彩的故事。当时能与他媲美的恐怕只有同样出身高贵,以小提琴家和指挥家的身份声名大噪的厨子园庸光吧,尽管当时二人可能有过交流,但现在暂且没什么关系。

比起这些,镇麿之所以能成为这个时代罕见的日本人,是因为他参与了各种探险活动,亲眼见到了许多奇珍异兽,比如第一个亲眼见到活体大猩猩的日本人正是阿地川镇麿。毕竟在那个年代,发现新的动物意味着下一刻就要用猎枪猎杀它们,将尸体带回,制作成剥制标本。此外,他还前往菲律宾腹地,探寻传说中的有尾人,甚至因热病和干渴而变得半死不活,他还制定计划前往中国四川省,想要活捉当时被认为只存在于幻想中的熊猫。

在探险的最后,他因父亲过世而回国继承了侯爵之位。不出所料,日本的每一条文化习俗都深深束缚着这位年轻侯爵的想法与行动。他的行为时常引发争议,不稳定的交友关系也让他屡遭非议。人们以忠告和谏言的名义约束着他的方方面面,甚至禁止他驾驶最喜欢的飞机。

最终他被迫放弃爵位,不过他本人对这等头衔倒是毫无留恋,他从阿地川侯爵变成了阿地川博士。为了逃避,又或者说是完全无视了周遭的喧嚣与约束,他在某个温泉名胜旁建起了留存至今的阿地川侯爵别邸。尽管他的本家在东京三田，但为了享受在那里体会不到的自由，他建起了这栋宅邸，而这里还有另一副面孔，在门柱的铭牌上印刻着其别名，并最终扬名海外。

阿地川博物学研究所——ACHIGAWA INSTITUTE FOR NATURAL HISTORY

这一切发生在他最爱的欧洲被战火吞噬之前。我不禁感叹，原来有这般人才，在这个无趣的国度里有这般波澜壮阔的人生。此刻，这栋与新闻报道中一模一样的建筑，正以一种特殊的姿态伫立在我眼前。

建筑整体呈现出西班牙风格，尽管因时间的推移而有些发黑，但看得出墙壁涂有白色灰泥，屋顶上覆盖着陶土瓦。门窗多采用拱形设计，随处可见的彩绘瓦片为建筑点缀出了些许趣味。最具特色的是与主楼相连的圆柱形塔楼，塔楼周围种植着椰树和棕榈树等热带树木，连墙外都沾染上一丝童话般的氛围。

据报道称，原侯爵不到五十就骤然离世，为了将其大量藏品与研究成果传承给后世，昔日的阿地川别邸被有识之士接管，目前用作纪念馆与博物馆。不过唯有这一点，现实与传说有所出入。

无论是纪念馆还是博物馆，紧锁的大门上都没有任何像样的标识，而是挂着一个未曾听过的私人铭牌，由于上面写的是片假名，因此也分不清是日本人（如果是，那这名字也太奇特了）还是外国人。

显然在受到采访后，这里也经历了很大的变故。

我漫无目的地绕过周围的围墙,这栋被茂密的树丛包围着的建筑似乎空无一人,也没什么地方可以钻进去——当然即使有地方能钻进去,我的修养也不会让我那么做的。

无奈之下我只得返回门口,下定决心后按下了门柱上形状如蝉的门铃,这可真是个古老的型号。里面似乎没有任何反应,不知是因为建筑太远了,还是门铃根本没用,不过我也没有继续再按几次的意思,只能在原地等待。

突然,我意识到自己正在做以我这个年纪而言极为愚蠢的事。在那本杂志上看到阿地川的名字后,为了找寻在这栋宅子里的线索就迫不及待地赶了过来,我不由得为自己这般行为而感到难为情。

不,该尝试的还是要尝试的。我首先想去联系写下那篇报道的编辑部。不出所料,那杂志已经停刊了,出版社也是个从未听过的地方,根本无从查起。

既然如此,只能直接去一探究竟了。会有这般近似自我辩护的想法,可能还是因为自己上了年纪的缘故吧。

不过我也习惯了无功而返,我想着要不再按一次门铃,如果没人应答就直接回去吧。

我用如果导演在的话可能会臭骂我演技做作的动作,再次将手按在门铃上。这时——

"请问您有什么事吗?"

背后突然传来的声音把我吓了一跳,然而等我回过神时,我的惊讶足足增长了十倍。不知何时，一个年轻人出现在我身后几步之遥的地方，这名身形修长纤细、长相极具异国情调的青年不得不说俊美非凡。我当然知道这种说法非常老套，但有些事只有老套的说法可以描述，事实上唯有这般表现可以形容我身后的青年。

"……"

我不由得屏住呼吸，在这样没有一丝活人气息的老宅前突然碰到她，不，是他，任谁都会和我一样。

他如同沐浴着耀眼的聚光灯一样鲜烈地出现在我面前，起初我还以为此人是名年轻女性。他肤色略显黝黑，乌黑亮丽的头发覆盖在秀美的额头上，下端堪堪过肩，额发下闪耀的双眸更显黑亮，鼻梁小巧精致，嘴唇有几分诱人。他身着立领夹克和同样浅色系的休闲长裤，身材纤细得仿佛能被折断一般，又显出几分钢铁般的强韧。

这人究竟是……我站在原地，不知来者的身份。那人又问出了同样的问题。

"请问您有什么事吗？"

听闻此言，我如梦初醒，从他那美丽的嘴唇发出的声音早已告诉了我他的性别。

"不，那个……"我用导演可能会抱怨的拙劣口吻嘟囔着，往后退了半步，最终还是鼓起勇气说道，"我在调查与此宅之主阿地川侯爵相关的人……是我的亲戚。也不能这样说，总之是我一个旧识。"

我对着青年语无伦次地说道。可能后来还颠三倒四地说了些什么吧，但我已经完全不记得了。不过，青年漆黑的眼瞳越发柔亮，嘴角浮现的笑意也更加明显。最后青年轻轻开口，明确地说道："我知道了，那就告诉您我能说的一切吧。"

青年用纤细的手指缓缓指向大门，刚刚紧闭的门扉竟然打开了一条缝，不，可能它原本就是微微打开的吧。

青年朝着大脑一片混乱的我说道："这边请。声名远扬的阿地川侯爵的珍贵藏品正在等待着您。虽然很遗憾，藏品并不是很全。"

等回过神来，发现青年牵起了我的手，我毫无抵抗地被他引入那宅邸之中。

4

从一片昏暗中走到明亮的灯光下，这里比外面看到的光景要更加不可思议。室内十分宽敞，崭新的白墙纤尘不染，随处可以见到拱门设计和一排排印有伊斯兰图案的瓷砖，让人在走动过程中有种愉悦的视觉节奏感。走廊上，各式标本一字排开。望不到头的陈列柜中收藏着无数动植物标本。每一件标本的分类标签都与我所找到的那种一模一样。

果然那件标本应当属于这里才是……那为什么会放在旅行箱中呢？

为了弄清这件事，我想停下脚步仔细看看，但俊美的青年却一味往前走。

"请问……"我出声询问,但他似乎完全没听到。

即使这里不再是纪念馆和博物馆,但依然将阿地川侯爵的成就与藏品保存下来了,这一点暂且让我放下心来。既然如此,为何将博物馆的铭牌摘下来了呢?也许是无法承受向公众开放而带来的负担吧。

无论如何,多亏碰巧遇见了这位俊美青年,我才能在这座如今少有人踏足的宅邸里大摇大摆地转悠。我对此心存感激,但他究竟要带我去往何处——这些疑问和淡淡的不安悄然袭上心头,很快我就从他口中听到了答案。

"请来这边的房间,我有一件东西想给您看看。"

一间平淡无奇,纵横排列着木制和钢制书架的房间逐渐呈现在我眼前。书架上大部分是杂志的合订本、新闻的缩印版和素描本。青年带着我穿过层层书架,来到一个灰色的文件柜前,毫不犹豫地拉开了其中一个抽屉。抽屉里密密麻麻摆放着厚厚的叠纸,仔细看来,那如耳朵一般突出的部分上写着字母,所有叠纸都是以字母"K"开头的。

我正寻思着,青年轻轻地从中抽出了一张。那是一个纸质文件夹(也可以被称为叠纸夹),可以将文件和书信放入其中,在被称为索引卡的部分写下人物或事项的名称后加以保存。我看着俊美青年手中文件夹的索引卡,不由得心中一惊,那上面毫无疑问地记载着

"KAJIMACHI Kiyoteru"。

"这是……"见我突然来了精神,俊美青年露出一个略带调皮又带着些许怜悯的微笑说:"没错……很遗憾它现在变成了这样。"他边说着边打开了文件夹,里面空空如也。他对着一脸呆滞的我说:"这个文件柜里放着与阿地川镇麿有过来往的人的书信,以及关于他们的文件和笔记。其中有个文件夹上记录着名叫KAJIMACHI Kiyoteru的人,这足以证明他们之间有过某种联系,不然也不用特意制作这样一个文件夹。"

"但现在这里什么都……"我看了看文件夹,又看了看他。他俊美的外表和略带悲伤的表情让我不由得失去言语。

"也就是说,您的叔叔和阿地川镇麿曾有过某种联系,但在某个时点被刻意抹去了。不过这样一来,我倒是搞不清楚为何要特地留下这个文件夹,或许是想通过至少保留一些纪念来表达某种意思吧。"

"那这究竟是……"沉默的事实接二连三地向我袭来,我的头脑一片混乱,以至于把一些关键问题抛到了脑后。

叔叔他……话说我曾告诉过这名青年锻冶町清辉这个名字吗?我只是说是一位'旧识'吧……不,我好像说过,我真的说过吗?

青年抛下思绪混乱的我,又快步走了起来。接着我们来到一个宽敞的书房式大厅,宽大的桌子背后是一张似乎连国王都能端坐其上的高背椅,椅子后面是一个顶部呈三角形的壁炉。

面向庭院的门窗都是拱形的,散发出悠闲的南国风情。我环顾四周，突然想到，"难道这里就是……"青年没有听漏我无意识间的喃喃自语，"这里就是阿地川侯爵——及博士的书房。"

"什么？"我不由得叫出声来，一时间感慨万分。是吗，这里就是……不过我还是没搞明白这里和锻治町清辉有什么关系。

引导着一头雾水的我坐到客席上后，青年则自己坐上了主座。眼前放着一本用皮革装帧的书，他如同抚弄竖琴般用手翻开这本厚重的书。这竟不是印刷的书，里面的字迹全是手写的。

这是？见我满脸疑惑，青年说道："这是阿地川侯爵的回忆录。这本书清晰地记录了他自古老的大名宅邸出生，直到在这栋别邸去世前几日的人生，虽说不上是日记，但几乎可以毫不间断地追寻他的一生……不过细看之下，唯有一处记叙是中断的。"

"那是从什么时候到什么时候？"

"是一九四几年二月末到三月末，当时阿地川侯爵进入日本统治下的前荷兰东印度群岛的某个地区进行动植物采集……这一点从旁证也可以得知，但不知为何只有这段记录完全消失了。如您所见，他甚至在回忆录里留下了不自然的空白。"

我望向他边说边展示给我看的一页，确实有不自然的空行。是打算日后改变了主意再填上吗，还是说根本不忍心填上？

不光这些疑问，还有别的问题萦绕在我心头。与标签上的日期相关的疑问如同不断上升的积雨云一般膨胀着——三月十三日，正好处于俊美青年提到的那段空白之中。

还有，在采集地这项的末尾记录的"D.E.I."，荷兰东印度——按当时的说法，不正是"兰印"的简称吗？

"正好那时，"俊美青年丝毫不知我内心的动摇，继续说道，"阿地川侯爵在战火纷飞、残酷血腥的南方地区，在因日本军队进驻而被称为'宝泉峡谷'附近一带，寻找一种名为金斑喙凤蝶的珍稀蝴蝶，扬·克里斯蒂安·塞普曾在被誉为史上最伟大的蝴蝶图谱《令众神惊叹的考察》中介绍过这种蝴蝶，它也因美丽而广受盛赞，长期以来被视作梦幻之蝶。

然而在日军占领期间，有人称曾看到过这种蝴蝶。这消息不胫而走，甚至传回了国内的侯爵府中。当时阿地川镇麿行动受限，甚至可能失去爵位，不得不留在别邸内进行研究，听到这等好消息的他绝不可能不闻不问。于是他在没有任何人帮助的情况下，秘密离开日本。以当时的情况来看，这是相当惊世骇俗的，即使他是拥有强大权力的华族，人们也不可能允许这种事发生，想必这次寻蝶之旅背后有军方的支持。

当时一名驻地的小战士——抑或是平民军属，充当着侯爵的助手，两人拎着捕虫网、虫箱和其他装备，在高温潮湿、毒虫密布，甚至还有更可怕的生物的山野林间不断前进……"

随着他的话语，很多东西都能彼此串联起来了，如果考虑到是日军占领后取的名字，"霍森峡谷"[1]这个奇妙的地名也就能说得通

---

[1] 霍森与宝泉在日语中发音相同。——译者注

了。既然被称为"宝泉",想必当地应该能出产石油或其他资源吧,而伴随着侯爵踏上凶险万分的捕虫之旅的年轻战士或平民军属,想必就是"叔叔"了,毕竟锻治町清辉才二十多岁,又是贸易商人,在那时出现在异国他乡也不足为奇。

"那……接下来发生了什么呢?"我悄悄捏了把冷汗,催促青年继续说下去。青年点头说道:"功夫不负有心人,终于二人在某个村庄与森林的交界处发现了那种蝴蝶。而且,还不是一两只,而是一大群,毕竟那里生长着蝴蝶最钟爱的花朵。"

"原来如此!我听说有些昆虫只喜欢某些花的花蜜,这些花也需要它们来授粉……这么说,难道是……"那一瞬间我脑海中灵光一现,轻呼一口气说道,"那些蝴蝶所钟爱的……莫非就是名为'重瓣银莲花'的花?"

七十多年前,跟随着阿地川镇麿,进入兰印宝泉峡谷的锻治町清辉,在追寻梦幻之蝶的旅途中,一同发现并采集了一种珍稀程度媲美梦幻之蝶的花。而鉴定出这种花,并认为它是重瓣银莲花的,正是身为侯爵的博士,也就是这栋宅邸的主人。

我咽了口唾沫,等待俊美青年的回答。但他并未回答我的问题,而是起身去附近的书架上抽出一本书,他将那本大开本的书摊开在桌上,映入眼帘的是一幅色彩艳丽、令人炫目的彩色图片。

我难以呼吸地盯着书中的植物。那朵花妖冶而美丽,散发着不属于此世间的风情——竟与干枯褪色后却依然保持其美丽的标本别无二致,无论是奇异的花瓣还是枝叶,都与图中的完全一致。图片旁边记录着的文字是"Babilaria Amoena",仿佛知道我的眼睛正追随着这串文字一般。青年说道:"重瓣银莲花……正如其名称后所附的缩写Thunb.所示,是也曾作为医生驻扎在日本长崎出岛的卡尔·通贝里(Carl Thunberg)在南洋发现的,因花型优美、惹人怜爱,故而曾使用'风之花'为这种妖冶而可人的花命名。"

俊美青年流畅而略带蛊惑的话语轻轻掠过我的鼓膜,最后一句话令我大吃一惊,他继续说道:"但与娇艳的外表相反,这种花带着一种魔性,从花中能提取出剧毒的成分,而这种成分主要作用于人的神经……就镇痛和消除恐惧这一点而言有所帮助。

因此当地人视这种花为禁忌,除了作为小剂量的止痛药和手术时的麻醉剂,以及让濒死之人安详地结束生命以外,严禁使用。与其说它具有魔性,不如说它拥有善恶两面,因用途不同而会产生截然不同的两种效果,于是当地人用自己的智慧和自制力将这种花保护起来。

然而,对于到访此处的日本人而言,这花正因其邪恶的毒性而倍显珍贵,只要让士兵服下精炼后的药剂,就能让他们变得不知伤痛、疾病与饥饿,这样一来所有的补给都将失去作用,皇军也将摆脱后勤这一不必要的枷锁。"

他一改方才恭敬的态度,俊美的脸上没有一丝笑意。

"最方便的是,这种成分可以完全消除人们对于死亡的恐惧,因此可以大量制造出甘愿冲进敌舰中自爆,或者被装入鱼雷中射出去的士兵。当然对于日本人而言，这种做法未必是必需的，但军方甘愿牺牲到一亿国民中的最后一人，因此这是日本军方非常渴望得到的东西，然而无人知晓它在哪里。因此，他们盯上了当地传出的看到金斑喙凤蝶的消息，以及听闻此消息必定会飞奔而来的博物学家大人，想必这位世界闻名、备受信赖的侯爵兼博士——阿地川一定能在找到梦幻之蝶的同时顺利找到恶魔之毒草，同时他的名声也能为军方提供极为便利的掩护。"

我无可奈何地想象着，说道："于是阿地川侯爵和叔叔——不，和他的助手顺利找到了金斑喙凤蝶，并发现了重瓣银莲花……之后呢，之后如何了，之后究竟发生了什么？"

俊美的青年恢复了方才礼貌的语气，表情冰冷地回答道："究竟发生了什么——我也不知道。"

"不知道是什么意思？"面对我下意识的追问，青年冷峻地笑了起来，"毕竟这一切已经无迹可寻了。阿地川伯爵和他年轻的助手发现了珍稀的花卉和蝴蝶，他们与村民们额手相庆，赠送礼物后大喜而归，而后日本士兵蜂拥而至……最终重瓣银莲花的种群，还有世代守护着它们的村庄与森林，都从这世界上消失得无影无踪了。"

"啊！"一瞬间，我的心仿佛被狠狠揪住了。

不可能不知道的，毕竟这很容易就能想象得到——一边是世代守护着兼具善恶两面的魔性花朵的人们，一边是为夺取它而千里迢迢奔袭而来的异国军队。村民们不可能交出这些花朵，而军队也不可能就此退缩。无可避免的纷争让花朵、森林、村落与人群就此消失，一切的一切都消失得无影无踪。

"不，并非如此。"俊美的青年仿佛能看透我的心思似的说道，"唯有蝴蝶，唯有金斑喙凤蝶还活着，它们一直寻找着失落的花朵——直至今日。"

"你什么意思？"我不由得后退一步。青年伸出手臂，缠上了我的脖子，将来不及抵抗的我拉到他身前。我回过神来，发现他精致而俊美的脸庞近在眼前。岂止是呼吸，我甚至能感受到他的体温。

"什么意思？就是这个意思。"

话音未落，俊美青年的手探进我裤子的口袋里。我像个小姑娘似的缩起来，结果下一秒他便抓住了什么，抽了出来。握在他手指间的是我先前塞进裤兜，随后便忘了个精光的面巾纸团，里面包着一些黑色的种子。

"啊，那是⋯⋯"

我正想说什么，突然有什么挡住了我的视野，像是有一只鸟，抑或是其他什么东西不停地扇动着翅膀。随着翅膀的扇动，好似有台投影机在我眼前明灭闪烁，一阵强烈的眩晕感向我袭来。我支撑不住踉跄的身体，抱着头跪倒在地，有什么在我紧闭的双眼前骚动着，最终离我远去。

一切都被黑暗吞噬了，但就像要把黑暗踢破一样，强烈的光芒明灭闪烁地灼烧着我的眼底。等到眩晕感消失，我奋力睁开眼睛，发现自己竟在阿地川侯爵别邸门前。太阳早已落山，乌鸦在赤霞的天空中鸣叫着。

我环顾四周，发现别邸的正门打开着，里面一个男人正一脸狐疑地盯着我。

并不是那个俊美的青年，而是个随处可见的平凡男人，眼神里带着坚决的拒绝和对我的警戒。恐怕他才是现在的管理者或是这里的居民吧，似乎只要我行为不轨，他就立刻会报警，无奈之下我只能选择离开。

我起身拍了拍身上的灰尘，在确认裤子口袋里的东西已经消失后，便神态自若地离开了这里。我知道，那个俊美的青年此刻一定已经不在了，哪怕再找些什么借口让我再参观建筑物内部，一定也无法看见此前的光景了。

5

我相信，无论是锻治町清辉叔叔，还是阿地川侯爵，都不会想到自己追寻梦幻之蝶，找到魔性之花的举动，会造成如此可怕的悲剧。然而，这段记忆过于可憎可耻，以至于阿地川侯爵不得不销毁了关于锻治町这名助手相关的所有记录。即便如此，他还是留下了写有锻治町这一名字的文件夹，并故意在回忆录中留下空行，想必自有他的深意。

作为这一切的证明,他将造成可怕悲剧的花朵的标本托付给了叔叔,并最终保管在旅行箱中任其沉睡,而这也成了证明他们之间有所关联的唯一证据。

重要的是,这给了我追寻锻冶町清辉足迹的契机。不过他究竟是何方神圣,这个疑问却愈发扑朔迷离。

不过,眼下我有个更头疼的问题。这次的事该如何向那位制片人汇报呢?比起这件事,旧五棱酒店的案件就好说多了。

事实上不光是他,我不知该如何对其他人说明,甚至无法决定要不要谈起这件事。那是一个关于金斑喙凤蝶在可谓与自己共生的重瓣银莲花灭绝后,终日漫无目地四处游荡,时隔几十年后见到了重见天日的重瓣银莲花,在获得其种子后悄然离去的童话故事。

叔叔与欧亚国际列车

1

唯有那个角落,仿佛被时间遗忘一般。

有一位非常热爱写作的广播作家,他笔下的报道和随笔都温暖而充满趣味,笔触独特生动,不流于世俗之形式。因为他的作品和我所涉足的领域差异过大,我未能有机会与他合作,但心中盼望着有朝一日能和他一起工作。遗憾的是他搬离了生活了十几年的东京,回老家工作了,恐怕很难有机会再与他相见。

他有一篇文章曾给我留下了深刻的印象,是说他(或者应该说市井小民)的生活离不开附近的商店街。这自然与那些幽静的住宅区,抑或是绿意盎然的自然环境无关,喧闹嘈杂、人流如织的狭小店面方为上佳。事实上这名作家原本因为地方电视台的工作不断减少,最终决定前往东京,当时他既没有钱,又人生地不熟的,因此搬到了东京一个非常偏僻的地方。

如果不是和东京有什么特殊的渊源,事实上是很难分清东京都内和东京近郊的。毕竟其他地方并没有所谓的县内和县下、府内与府下的区别。

总之，在他搬家之后，现实令他大吃一惊。周围几乎没有什么人家，一到夜里几乎看不见灯光，而从小就很熟悉的生活的喧嚣在这里也完全听不到。这甚至给他的家庭也带来了一些变化，细想之下他终于意识到，自己成长的环境里总是有各种商店街，如果没有商店街，那么自己一定会憋死的。最终他搬去了中央线沿线，想必那些走不到尽头的商店街一定令他倍感快乐吧，而我其实也能明白他的感受。

那么这里如何呢，可能他已经造访过此地了吧……

我提了提略显沉重的行李，望着笔直地延伸到眼前的街道。这并不是那种人流如织、新店老店鳞次栉比的热闹商店街，也没有出现每家商店都拉下了锈迹斑斑的卷闸门，商店接连倒闭，最终沦为普通住房的光景。

怎么说呢，走到这里仿佛穿越了时空一样。玩具店、钟表店、照相馆、陶瓷店、和服店……这里的商店乍一看并无异常，但其实都是不知何时起早已从附近消失了的业态，鳞次栉比的商店维持着旧日的面貌，摆放着不太新潮的商品，静静等待着客人光临。

行走在宛如电影布景的风景中时，会有种被吸进了一部老电影里的错觉，尤其当我手里提着充满年代感的旅行箱时，这种感觉愈发明显。这是一个天气阴沉、略显闷热的下午，周围的建筑看起来更加暗淡，让人感到有些心神不宁。

碎裂后不知是否还能替换的圆弧形展示窗，木制门框上涂着油漆的玻璃门，层层涂抹的油漆部分剥落，新旧文字交杂在一起，早已辨认不出店名的招牌……当我从它们旁边走过时,感觉自己就像是昔年某部著名电影中的人物,遗憾的是我并非主演,只是一个过客。

不知不觉中,我改变了步态和表情。无论角色轻重,我总会尝试进行角色塑造,此举可能略有些奇怪,但也是出于我的职业习惯。

此刻我所扮演的是一位中年,或更年长的绅士,不知家财几许,但过着自由自在的生活。这角色与我相似,但又截然不同。此刻他正提着一个旅行箱,里面装满了与我的人生毫无关联的各色奇珍异宝。这位绅士的真实身份、真面目是?我自问道,突然心头一震,甚至一瞬间头晕目眩——

刚刚,我是不是变成了"叔叔"?

我不禁在心中自问,在回过神来之前,我仿佛看见并感受到了些什么,我本以为是幻觉,但其实并非幻觉。虽然因人而异,但演员们多少都有过"角色降临到自己身上"的体验,在那一刻,很多以前看不清的东西变得清晰可见,并能轻易理解所扮演的角色。

我私下将其称为"角色降临",确实我也体会过这样的瞬间,在记忆中,我仿佛与不知是何方神圣的"叔叔"合二为一。这意味着我应当知晓关于他的一切,事实上此刻我脑海中也有什么在不断涌现。

然而等我回过神来,发现我还是我,而非叔叔,而我以为看到的东西已经完全消失了,眼前的景象看起来虽然古老,但确实是现代的街道。

真是空欢喜一场——我内心苦笑着,正要举步前行,却又连忙停下脚步。我差点忘了今天特意提着行李来到这条街的目的了。往回走了三四步，我站在一家连门口都堆满了破铜烂铁……不，是古董的古董店门前。

门口的招牌上画着戴着一副夹鼻眼镜的大眼睛，我轻巧地穿过了它。"喂，眼球堂主人，你在吗？"我站在敞开的店门口问道，听见黑黢黢的店铺后面传出了一些动静。

这个男人明明比我年轻很多，但却总喜欢穿着不知什么年代的奇装异服，说起话来也有种老派的感觉，有时会搞不清到底我俩谁更年长。

我们初遇时，他正好是某场公演的美术人员，负责舞台装潢和空间设计，奇妙的是他在演出中也帮了不少忙。这个人看上去有些不着边际——如果与我相比的话，虽然现在已经不能这样说了——但他的工作能力非常出众。比如有时候舞台导演或编导会就小道具、服装或舞台装置向他提出难题，虽然他当场只能给出模棱两可的答案，但第二天却能拿出完全符合对方心意的东西。无论在舞台上打造的是昭和三十年代工薪家庭的客厅，还是维多利亚时代科学怪人的实验室，他都能做得有模有样。我欣赏他的品位与执行能力，经常向别人推荐他，有时也会与他探讨角色塑造方面的问题。

例如，我曾在一部独立电影中扮演一名乡村医生，当时我请他为我准备一个出诊包。那个包用颇具味道的皮革缝制而成，打开上面的金属卡扣，里面放着各式与这个角色十分相称的物品。用象牙制成耳挂与听诊头的听诊器，放着注射器与脱脂棉的银色小盒，水银血压计，用皮带系在头上的中间有孔的小镜子（似乎是叫额戴反光镜），以及大大小小的药瓶，等等。

虽说多少有些时代感，但每件都闪闪发亮，与其说是古董，倒更像是正在使用的医疗器械，后来我听说这种出诊包因为包中的药水经常洒出来，甚至金属器皿都时常锈迹斑斑。

虽然后来这些道具在剧中很少拿出来使用，但真实的道具拿起来有种沉甸甸的感觉，为我演好医生一角提供了很大帮助。后来他不知什么时候开了一家店，而且是一家从美术用品到生活杂货无所不卖的古董店。他一边出售着这些商品，一边将其中部分用于戏剧表演或电影拍摄，这正可谓是兼顾了兴趣与利益。与此同时，他参与的剧目也愈发丰富多彩，不过我也越来越难在现场见到他了，毕竟他有了自己的店铺，见不到也是理所当然的，但我还是时常能在演出宣传册上找到他的名字，并连连感叹"原来如此"。

既然有这样一个人，那么想到他就是再自然不过的了。

我在机缘巧合之下得到了叔叔的旅行箱，虽然已有过几段不可思议的体验了，但现在有种陷入迷宫什么也看不清的感觉。

既然如此，最好还是请别人以第三方的视角来"鉴定"一下。我立刻想到不会有比他更合适的人选了，所以便来到了他的店里——没想到在踏入这"魔窟"内部之前，先被这商店街陈旧的风貌迷惑了。

顺便一提，他这家店的前身是家眼镜店，所以他直接用了"××眼镜店"的招牌，还加上了个不知从哪里找来的怪异的眼科招牌，给店铺取名为"眼球堂古董店"，于是我便戏称他为"眼球堂店主"。

2

"哦，这是……"

将叔叔的旅行箱放在一张一看就是名品的桌子上，很快，在圆圆的镜片后面，他微微眯起那双本就狭长的眼睛。

我站在他身后问他怎么了，但他并没有回答我。他边注视着旅行箱，边从口袋里拿出手套，开始非常轻柔小心地检查起里面的东西。

"嗯、嗯……原来如此……这可真是……"

他口中喃喃自语，手上的动作却没有半分停滞。换作是我，一旦把东西拿出来摊在外面，就不知该如何放回去，也不知该怎么办了。但他显然不像我这般笨拙，很快他就将被我弄乱并随意放在里面的东西一一整理好，让东西都回归原位。其间，他还细致地进行记录，并从后面的书架上拿出一本厚厚的目录开始翻阅，似乎完全忘了我的存在。

"有什么问题吗？喂，你发现了什么？"我在他身边问道，但他似乎完全没听见。

这可就令人头疼了，总之也只能先让他尽情查个够，反正他也不会偷走里面的贵重物品。我在他背后说:"那我就出去溜达溜达,你发现了什么的话,之后要告诉我。"

说完,我便离开了昏暗的店内。外面的天空一如既往地灰暗沉闷,仿佛整条商店街都和他店内的商品一样。这附近好像有家有点时髦但略显脏乱的咖啡店,我正环顾着附近时——

"喂,等等!"

古董店里传来一声怒吼,我吓得愣在原地,起初甚至无法分辨是谁的怒吼,毕竟我从未听过眼球堂主人大喊大叫。

刚刚那是怎么回事?

一瞬间我有些疑惑,但如果是他在叫喊,那必定是在叫我,我返回店里一探究竟。

回店里一看,发现眼球堂主人平日里平静得毫无表情的脸涨得通红,他面色凝重地叉腿站着,朝着因情势骤变而呆若木鸡的我,指着某个位置,用一种我从未听过的严肃语气质问道:"这是什么?你怎么把这种东西拿到我店里来?"

他指着的是那个旅行箱,不过里面发生了一些奇怪的变化。我本以为是箱子厚重内部装饰的地方出现一个豁口,现在里面已经是空心的了。细细看来,上面还挂着奶油色或是黄色的纸片,看样子这里面曾经塞过什么东西。

我又惊又疑,一时间不知该如何回答。为了安抚他的情绪,我捏起那张纸片,故意用调皮的语气说道:"这里竟然是这样的吗?我之前都没注意到。真不愧是开门做生意的,这都能被你找到。"

"这就是所谓的暗袋,可以用来偷偷藏些钱财或贵重物品以备不时之需,虽然少见,但也不是没有,毕竟旅途本身就危险重重——你真的不知道这里面放着这种东西吗?"

"你说的'这种东西'是什么,那里面有什么吗?"我依然没能明白他的意思,傻乎乎地问道。听到我的回答,他似乎松了口气。"就是这个。"他短促地说道,虽然已经恢复到原来的语气,但言辞间还是带着一种不寻常的味道。

接着,他从被箱子挡住看不见的桌面上拿起一把细长的东西,轻轻放到我身边,似乎那就是藏在暗袋里的东西。

看着那被几张小小的纸包裹出来的形状,我不由得感到一丝不祥,而且那纸片和刚刚挂在暗袋里的是同一种。

"我把你叫回来,是因为要看这东西,就必须要你这个物主在场……准备好了吗,我要把纸片拿开了。"他边说着,边将上面印有英文小字的包装纸剥开,很快里面就露出了惊人的东西。尽管隔着纸能看出其不祥的形状,里面的东西还是远超我们的想象。

我不由得想着,原来如此,难怪……这确实足以让见惯了珍品奇物的眼球堂主人为之大跌眼镜,当然于我而言亦是如此。

那是一把刀刃长约二十厘米的双刃剑,短短的剑镡如十字架的横杆一样突出,剑柄上精细地雕着花纹,中间镶嵌的圆形装饰看上去像是某种纹章。

一个东西被造型规整的火环围绕着,大大地展开双翼,那是一只鸟吗?在我看得入迷之前,必须先确认一件事。

"这是……一把刀吗?"我声音干涩地问道。

"算是刀剑中的一类吧,不过这么说就有点太扫兴了,这是把短剑——也就是所谓的匕首。"

"匕首……"我鹦鹉学舌般重复道,脑海中浮现出某部具有浪漫色彩的电影。"外套与匕首",那曾经可是间谍动作戏的代名词。这种联想倒也算不上错,不过暂且先按下不表,眼球堂主人像是给我天马行空的想法泼了一盆冷水似的,"你仔细看看这张纸片,上面零星地沾着不少红黑色的污迹吧?"

确实如此,印有细小的西文字符的纸片上,仿佛有什么东西擦过留下的黑印。看到这黑印,我惊讶道:"这……这难道是……"

"没错。"眼球堂主人面色凝重地点点头,"是血,毫无疑问这是血……虽然不知是人血还是动物血。而且……"他抓起剑柄,指着闪亮到几乎可以映出人影的刀身,不,是剑身,"你看这里和这里,因为被什么粘着,所以只有这里是暗淡模糊的吧?这是和纸上的污迹黏在一起的地方。"

"也就是说?"我顶着他那前所未见的迫人气势问道。

"这还用说,那血本身是沾在剑上的,这把危险得不能再危险的短剑说不定曾经伤过甚至杀过什么人,你把它拿到我这里来,究竟是什么意思?"

"这些我真的不知道啊。"逼问之下我只能徒劳地为自己解释道,"直到刚才我才知道这箱子里还有暗袋,怎么可能知道暗袋里还藏着刀……"

"不是刀,是匕首。"眼球堂主人以专业的口吻特意订正了我的话语,用更冰冷的语气说道,"好了,你可能确实不知道,而且这血迹已经相当陈旧了……这究竟是什么东西。"

听闻此话,我简单地说明了箱子的来历,只是因为自己也说不清和叔叔是什么关系,只说是"亲戚传给我的遗物"。

"虽然我不太清楚,不过我知道你也搞不清楚了。"他点点头,似乎有些不得要领,"总之这箱子的主人绝非等闲之辈。至于是他亲自下的手,还是没下手但与此事直接相关,就不得而知了。"

因为他是无关人士,所以就这样给此事下了定论。但我起初的震惊和意外却渐渐转为不安和疑惑。为什么从你的箱子里找到了这种东西?这究竟是怎么回事?

同时我想继续追问:叔叔,难道你用这把短剑伤害或是杀害过什么人吗?

回过神来,我发现自己紧紧握住了剑柄,右手掌心感觉有些异样。我摊开手,发现是刚刚的纸片,看来是我拿起来后就直接捏在手里了。一想到这是叔叔留下的东西,我舍不得扔掉,我一边为这张穿越了无数岁月遗留下来的纸揉得皱巴巴而感到惋惜,一边轻轻打开了它。

在无比清晰的红黑色污迹之下,我看到纸上印着这样的文字。

欧亚跨西伯利亚联运列车

柏林——东京

途经

华沙

提尔西特——哈尔滨——敦贺

里加

一等座

3

最终,那天我拎着叔叔的旅行箱,战战兢兢地离开了那条商店街。

那把一直藏在暗袋里疑似沾有血迹的匕首,还有包裹着它的纸片,尽管其存在一直不为人所知,但留在店里会给人家添麻烦,而且我也不知这类刀具按照《枪炮刀械管制法》应该如何处理。眼球堂主人似乎对我的决定松了一口气,并当场尽其所能地对其他物品一一过目并制作了清单,详细地用相机拍好照片,将他所能了解的信息全部告诉了我。

这样一来,解谜工作看似有了一些进展,但细想之下,似乎没有太大变化。现在出现了一个新的谜团:藏在暗袋里的匕首,而且对此我毫无头绪，反而更加困惑了。

不……我仅有一条线索，那便是那些裹住短剑、沾满了血迹的纸。

展开一看，那些纸片长十二厘米、宽八厘米，纸质精良，即使被粗暴地揉在一起，很多展开后还能看出原来的形状。大多数，不，几乎所有的纸片都有着同样大小和形状，似乎原本就是连在一起的。

原本在去那家古董店前我是完全没注意到它们的，不过眼球堂主人瞥了一眼我手中之物后道："这该不会是火车票吧？"

"车票？这个吗？这看不出来吧。"面对充满疑惑的我，他继续说道，"跨越数条路线、横跨多国国境的长途列车的车票就是这样的，比如战前的'欧亚联络国际列车'。"

"欧亚联络……国际列车……"这个从未听过但充满着浪漫主义气息的名字给我留下了深刻的印象，即使在我离开这条时光在此仿佛停滞的商店街后，它仍在远处隐约回响。

欧亚联络国际列车。

我回家后一番调查，发现它确实充满着浪漫之感，而且线路规模大得惊人。

明治四十五年，从日本出发，经海路和西伯利亚铁路前往欧洲各城市的"欧亚联络"线路开通，人们可以买到从日本到巴黎的车票，早在明治末期就已有了日本与俄罗斯联运的铁道线路，而"欧亚联络"线路正是以此为基础快速发展起来的。

尽管之后因第一次世界大战和俄国革命导致线路中断，但该线路在昭和二年重新开通，并得到大力宣传，称"途径西伯利亚，一张车票让乘客十四天便能直达欧洲"。虽然这个价格足以花掉一个工薪阶层好几个月的工资，但考虑到走水路需要花费五十天，这已是极大的提速了。该线路大致分为三种：从福井县敦贺港乘船到海参崴（现称"符拉迪沃斯托克"），或是从下关到釜山，抑或前往大连，然后经由哈尔滨——满洲里铁道线换乘西伯利亚铁道线，前往莫斯科、柏林，最终到达巴黎。

所谓"一张车票"稍微有些夸大了，事实上通过海陆联运前往巴黎至少需要换乘八次，因此欧亚联络国际列车的车票是一本小册子，而它们最终变成了这些包裹着匕首的纸片。

不过这些车票为何会血迹斑斑地出现在叔叔的旅行箱中？尽管我知道叔叔是个曾经出海旅行的年轻贸易商人，难道他还来过一场横跨亚欧大陆的盛大旅行吗？

这本车票册子已经被撕开，上面不但印着英文，还有类似德语、俄语的文字，很难逐一进行分辨。不过在整理车票的过程中，我发现每次换乘都会有一张对应的车票，这些车票的正面印有出发地当地语言的说明，背面则印有英文说明。首先映入眼帘的是小册子的封面。每张车票最上面都印着Berlin——Tokyo（抑或是Tokio），或是印着Берлин——Токио这样的出发地和目的地，此外还有华沙、里加、哈尔滨等途经站点。票的下方印着每张票的乘车区间，并印有数字加Coupon、Fahrschein或купон等单词，想必这便是车票的序号了。

我将它们按顺序排列起来。

第一张车票是从柏林站到波兰边境的，上面有兹冯辛（德语名称为Neu Bentschen）和霍伊尼基两个车站；第二张车票是从兹冯辛穿越波兰国内的过境线路，而另一条路线从霍伊尼基出发，途径特切夫，沿波罗的海绕过当时还是德国境外属地的东普鲁士的线路；第三张车票则通往波兰首都华沙，而沿波罗的海的线路是从马里恩堡出发，途经哥尼斯堡，最终到达提尔西特；第四张车票到达波兰东北部的比亚韦斯托克，同时沿波罗的海前进的列车则途经当时的立陶宛首都考纳斯，前往邻国拉脱维亚，因此，车票上与波兰语Kupon一词并列的是立陶宛语Kuponas；第五张车票是前往现在在白俄罗斯境内，而当时是与苏联接壤的边境车站斯图普奇，同时沿波罗的海前进的列车则途经拉脱维亚首都里加，到达边境车站因陀罗，因此车票上印有拉脱维亚语Kupons；第六张车票上，两条线路最终在莫斯科汇合（实际上是在前一站斯摩棱斯克），自此，列车便一直沿着西伯利亚铁道线进入亚洲，不过后面的车票就不见了，无论我怎么找都没能找到。

这消失不见的第七张车票原本是从莫斯科出发，途径鄂木斯克、伊尔库茨克和赤塔，最终到中俄边境的满洲里的；第八张车票是从满洲里到哈尔滨,并途经长春到达海参崴;此外还应该有一张从海参崴到敦贺港的船票,而最后一张票则是从敦贺途径米原,最终抵达东京的。

正如方才所述,从日本前往欧洲的路线尽管有多条,但因为车票上写明了"敦贺",那么只可能是这条线路了。不过由于旅程后半段的车票遗失,事实如何也很难说清。

那六张包裹着匕首的、血迹斑斑的车票的内容大致便如上所述,我对这些闻所未闻、从未查过的地名感到茫然,尤其是考虑到在欧洲,列车可能在不同的国家停靠不同的城市,头脑中更是一片混乱。

不过,更令人费解的是围绕着这些连票的未解之谜。首先,叔叔从日本前往欧洲——假设目的地是柏林,当时的票应该还留着才对,然而现下却完全找不到它们,可能是用完后便被回收了,但想到这次找到的车票,应当会在票面上盖章或打孔后还给本人。

难道说是遗失了?即使想要丢掉这旅途的纪念品,回程该怎么办?如果购买了从柏林出发的车票及船票,并用它们包裹住沾血的匕首,那叔叔是怎么回来的呢?

第六张前往莫斯科的车票还在,且有使用过的痕迹,那为何从西伯利亚铁路前往满洲里铁路,以及后续前往日本的车票和船票都消失不见了呢?是唯独丢掉了这些票,还是叔叔根本没有回国?是在当时苏联境内神秘消失后,某一天又突然出现在了日本吗?若是这样本身就足够令人毛骨悚然了,而此事令人费解和不安的程度,也远在我意料之外。

即使知道了车票的由来，血迹和匕首之谜依然存在，唯一可以确定的是，这匕首曾经伤害或是杀害过什么人。仔细观察车票后，我发现这些红黑色的血迹并非单纯是车票包住沾染血迹的匕首造成的，这明显是由于有人流血，或是血迹飞溅而形成的痕迹。

刚刚显然是给眼球堂主人添麻烦了，早知如此，也许我不该把箱子带去那家古董店。但事已至此，后悔也无济于事，现在只能好好面对这意外被发现的旧日遗物了。

总之，得先把这匕首收起来。

想到这里，我实在找不到其他存放匕首的地方，只得拿起它，放回了箱子的暗袋中。很快我发现了一件事情，暗袋里本身有个凹陷之处，应该正好可以将匕首收纳其中，但匕首却似乎没法完美地嵌进去。我顿感奇怪，连着试了好几次，最终发现匕首与凹陷之处形状原本就不吻合。原先能放进去仅仅只是因为车票刚好填上了空隙而已。

我不由自主地用手抵住下巴，摆出一个经典的思考姿势。方才和眼球堂主人简单沟通过，这匕首似乎是为了以防不测而在长途旅行中用以防身的，恐怕是物主特意定制的。这样一来，箱内的凹陷之处应当能与收纳其中的武器完美贴合才对，但显然这把匕首并不能分毫不差地放入其中……

这么说来，这匕首原本并不是叔叔的吗？

若果真如此，那它又是谁的呢？那血迹是叔叔以外的人造成的吗？塞在里面的车票也是他人之物吗？这些想象多少能令我松一口气。然而，问题并没有得到解决，毕竟我还不知为何叔叔会珍重地保存着别人沾有受害者血迹的匕首，以及别人的欧亚国际联络列车车票，而且原本可能存在的另一把短剑如今也下落不明……

最终，越发困惑的我只得长叹一口气，正准备盖上行李箱，这时，一个突如其来的电话打得我措手不及，我连忙去接听，将差点滑落的听筒重新拿好。

"喂……啊，是你啊。"对方是眼球堂主人。"啊，你好，关于那把匕首和包住它的欧亚联络列车车票，我实在是想不明白……你说什么？"

我不由得追问着他。

"那把匕首上的纹章……啊，说起来，你拍了照的，你查清那是谁的纹章了？哦，这可真是了不得……而且，你说什么？能再说一遍吗？喂？喂！"

4

如今能如此轻易地揭开匕首上纹章的真相，甚至找到相关人员的住处，着实令人意外。更令人意外的是，这个人的住处竟是如此普通。她家曾是声名显赫的贵族，是一战后一直统治着机械及化工行业的财阀家族的一员，而她的后半生在日本度过，其子孙如今依然健在。我当然不会以为她还住在城堡里,但如今只是住在这栋虽然雅致但平平无奇的房子里,多少有些令人失望。

铭牌上的名字也极其普通。这也难怪,毕竟她很久之前嫁给了一个日本人,时至今日已经有好几代后人了。尽管我事先给他们家寄了好几次信,建立了一定的信任,但还是忍不住地紧张,即使是要谈及几十年前祖上的人,但毕竟话题的中心是染血的车票和匕首,我也不知该怎么和对方谈起这件事。

我按下门铃,告诉对方我的名字和来意。很快一位年轻女子出现在了玄关处。她皮肤白皙,有着一双令人印象深刻、如梦似幻的大眼睛,尽管外貌不禁让人觉出几分洋气,但她却是如假包换的日本人。

不过,从她润泽的唇间吐露出的话语不禁让我想起许久以前的电视剧。

"初次见面,我是爱娃·库鲁格的曾孙女,这边请。"

爱娃·库鲁格,是那个伴随纳粹十字的发展而不断壮大,最终在德国战败后盛极转衰的库鲁格家族的女儿。尽管她早已过世,但只要不是眼球堂主人电话中讲述的内容以及相关资料全都是错的,只要没有冥冥之中神明恶作剧般安排的阴差阳错,那么她毫无疑问正是在欧亚铁路的某一处与我的叔叔——锻治町清辉产生过交集的人。

很快我们就被带到接待室。这里的布置简洁而不失品位,但只是一个普通中产家庭该有的样子，看不出任何历史悠久或来自异国的痕迹。

爱娃和她的日本丈夫早已去世，其子女也已不在人世，在这里生活的只有孙女夫妇和身为曾孙女的她，而她的父母今天也不在家。

"不好意思，父母今天有些急事……本想建议您其他时间再来的，但他们说'反正我们也不记得奶奶了，不知是否能帮上忙，干脆你把知道的事情告诉他好了'。"她带着几分歉意说道。我也不知下次什么时候能来，所以只得作罢。不过从事前的沟通中得知，尽管她是家中最年幼、最不了解爱娃的人，但却是所有人中对爱娃最感兴趣的。我环顾四周，感觉多少能说得通。毕竟这屋子里没有任何迹象能表明这位德国女性的一生是多么波澜起伏，仿佛她在这个家中曾经只是个受人爱戴的老太太一般。

不……唯有一物。

在接待室墙壁上的相框里挂着一幅刺绣。在以红黄橙三色彩线华丽地缝制出的火焰之间，一只鸟羽翼大张，振翅欲出。那是一只凤凰，而这幅图与匕首上的纹章完全一致。凝神细看，发现刺绣一角有着小小的"EVA"字样，我微微吸了一口气，总算相信自己没找错地方了。

是啊，爱娃·库鲁格，她才是叔叔旅行箱里的匕首和车票的物主，而我为了代叔叔将几十年前她寄存在叔叔那里的东西还给她，正在和她的曾孙女说话。

想到这里，我一边自我介绍一边跟她闲聊，并最终说到了爱娃·库鲁格，然后这位曾孙女说道："尽管我从未见过，但我曾祖母爱娃据说出生于德国上流阶层一个大富之家，而且本人也生得貌美，有传言说甚至有德国的电影公司挖她当女演员，不过她本人想成为编剧和美术家，如有可能，她还想当电影导演。不过当时纳粹势力抬头，借口为了降低失业率而将女性赶出职场，关在家里。在这种氛围下，她未能如愿。

后来她对家中男子与希特勒及其同伙建立密切关系一事感到越发反感，不愿自己被他们的思想所同化，而尤其令她倍感愤怒的，是那幅著名海报'这位患有遗传性疾病的患者终生给国家增加六万帝国马克的负担，而这将由各位德国公民承担'所传达出的抹杀弱者的想法。

尽管当时有人指责她这个富家千金的思想偏左，但她依然投身于反对这些社会思潮的运动中。最终她受到了一族的责难，被放逐出库鲁格家族，剥夺了一切权力。留给爱娃的只有一大笔钱和一把作为传家之宝的匕首，这把匕首是她母亲家族传下的，上面有用德语来说是'Phonix'——也就是凤凰的纹章。"

果然是这样吗？我接受了她的说法，暗自在心中感叹着，而她轻轻站起来，拿出一本古老的相册。

"这边是曾祖母爱娃，据说是她还在德国时唯一留下的一张照片……"她边说边打开相册的一页，一张令人叹为观止的美女写真照映入眼帘。在褪色为棕褐色的画面中,一位英姿飒爽的女性有些严肃地微笑着,或许是二十世纪三十年代末期的时尚吧,她的着装看起来有些男性化。

"曾祖母辗转于世界各地,最终在日本落脚,并与一位日本医生相识、结婚。终其一生,她都再也没有回过德国。她一边经营曾祖父的小医院,一边教附近的人绘画和音乐,最终平静地结束了自己的一生。"

我一边听着她的话一边看着照片,突然感到一阵眩晕,难道是因为我上了年纪还跑到这么远的地方,甚至还在广阔的住宅区里迷路徘徊的缘故吗?

"您怎么了?"

我回过神来,发现爱娃的曾孙女正以和照片中的她相同大小的面庞和相似的姿势看着我。

"不,没什么。说起来,爱娃,你曾祖母是怎么到日本的?"

"我也不太清楚……曾经为那些受到歧视甚至遭到抹杀的人们而奔走的曾祖母最终遭到了政府当局的追捕,在无法得到库鲁格家族任何援助的情况下,她不得不离开祖国。据说当时她收到的临别礼物,就是前往远东的国际列车车票。"听闻此话,我惊讶得说不出话来。她继续说道,"曾祖母当时非常生气。她认为这是让她走得越远越好,再也不要回来的意思,所以下定决心离开了。不过事后想来,这恐怕也是她父母的爱子之心吧,毕竟如果当时留在国内,势必会很快被纳粹及其走狗抓走，最终性命不保。"

"原来如此，"我艰涩地开口，终于决定谈及正题，"刚刚你提到的国际列车车票……说不定这些就是当时的车票。"

我慢慢拉起旅行箱，拿出了那些车票。一瞬间，我感到她倒吸了一口凉气。

"这……这是……"

"没错。"我说道，"之前说想请你过目的，正是此物。"我本以为谈及此事时我已相当小心了，但当对方看见印刻着凤凰纹章的匕首、一连串的车票以及上面的斑斑血迹时，我能感受到她明显有些胆怯了。尽管如此，我还是继续说了下去。即使她只是从祖父母和双亲口中听说过关于爱娃·库鲁格的只言片语，我还是想要唤起她关于曾祖母的回忆。而我一向不知该如何解释锻治町清辉叔叔的事情，只得说那是我的一位远亲，重点是谈话内容本身。

在不算短的交谈后，我偷偷看她，她已经没有一丝对血腥之物的厌恶了，只是表情平静地接受了这一切。

"请稍等，"她突然站起来，未等我回答便离开了接待室，很快她拿来了一个古老的纸箱，"关于此事我从未对家里以外的人提起过，其实我从曾祖母的遗物中找到了这个……请看。"她说着，将一样东西放在了面前的桌上。

是一把刀。

这次轮到我倒吸了一口凉气。尽管是生平第一次见到，但我并不觉得这把刀有多陌生。那是一把非常实用的刀，不但适合野外生存，也适合用来防身。

"能让我看看吗？"我说完拿起桌上的刀，在她疑惑的眼神中，将那把刀放进了叔叔旅行箱的暗袋之中。

结果这把刀就如同找到了寻求已久的归处一般，完美嵌入了凹陷之处。

"……"

"……"

我俩无言地看着对方。

我凝视着她的脸庞，不由得将她与爱娃·库鲁格的美貌面容相重叠，一个故事快速在脑海中形成。仿佛有部电影直接映射在我的视网膜上一般，眼前出现了一些风景。

我仿佛被什么附身一般，开口说道。

"锻冶町清辉因公乘坐欧亚国际联络列车，从日本前往柏林、巴黎抑或是更远的地方。他本该经过拉脱维亚的首都里加，但在途中，恐怕是刚过莫斯科没多久便碰上了什么突发事件。当时列车可能因为风雪，或是什么事故临时停车……而同一时刻，你曾祖母乘坐的另一辆反向的欧亚国际联络列车也正好停在了同一站点。你的曾祖母之后将要在莫斯科乘坐西伯利亚铁道前往远东——从海参崴前往敦贺港，并前往东京，不过当时你曾祖母可能已经卷入了什么运动之中。"

"不，"她摇摇头说道，"情势还没到那么糟糕的程度。不过她作为一名女性，受到了当时有权之辈的歧视，被剥夺了无限的潜能，更何况她想要明确反抗的，是当时社会上猖獗的不公和邪恶，以及明显即将走向疯狂和杀戮的国家，光是这一点就足够要命了。这杀意不光来自政府当局，也可能来自自己的亲人。"

"是吗……原来是这样啊。"此刻我眼前浮现出异国陌生车站那荒芜寂寥的风景，以及疯狂肆虐的风雪。我继续说道，"对于追杀她的人而言，紧急停车是个绝佳的机会，而且如果是因为天气恶劣停车，月台上便没人，这一点更是有利于他们。不过你曾祖母并未就此屈服，面对突如其来的刺杀，她拿起那把传自母族，被她秘密带出防身的匕首应战。

"最终她刺伤了对方，并可能成功让对方永远闭嘴了，但麻烦的是在打斗中溅出的血弄脏了车票，好在沾上血迹的并非全部车票，第七张之后的车票——从莫斯科到满洲里、哈尔滨，从新京途经海参崴到达敦贺、东京的车票完好无损，不过最大也是最致命的难题是：无法在莫斯科换乘西伯利亚铁道了，这样下去她便无法继续她的旅途，即使没有找到对方的尸体，只要一查作为凶器的匕首，一切都完了。

"不过唯有一人，看到了她身上的飞来横祸和接连遭遇的不幸。无论出于什么缘故——可能是事先得知，抑或是在车上察觉到了什么，锻治町清辉提出要帮助你的曾祖母。

"'我将我的欧亚联络车票送给你，你用它离开这里。我是……即将前往德国联邦的公民，总会有办法的'。"

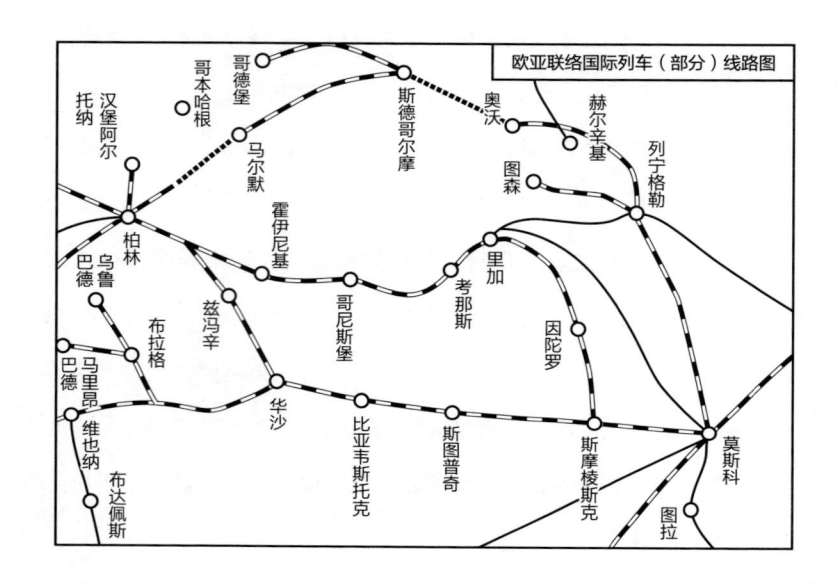

[欧亚联络国际列车（部分）线路图]

站名：汉堡阿尔托纳、哥本哈根、哥德堡、马尔默、斯德哥尔摩、奥沃、赫尔辛基、图森、列宁格勒、柏林、乌鲁巴德、布拉格、霍伊尼基、兹冯辛、哥尼斯堡、考那斯、里加、因陀罗、巴德、马里昂、维也纳、布达佩斯、华沙、比亚韦斯托克、斯图普奇、斯摩棱斯克、莫斯科、图拉

"什么，怎么会……而且你的票原本是前往柏林的，那你不是要折返回去吗？"

她一改方才的表情和语气问道，仿佛是由于某些原因进入了角色一般，这说不定正是她曾祖母问出的同一个问题。至少此刻，我不是我自己，而她也不是她自己。我不过是作为锻治町清辉，正在对面前的爱娃·库鲁格说话。

房间里的陈设消失在一片昏暗中，唯有她清晰可见，恐怕对方眼中，我亦是如此。

"没问题的，接下来你拿着我的票前往斯摩棱斯克，去中立国拉脱维亚的首都里加，然后在那里设法换乘西伯利亚铁道。幸好到满洲里的车票以及后续航程的票还能用,你就前往哈尔滨、新京,在海参崴搭乘前往敦贺的船就行……哦,还有件重要的事可不能忘了。"

"这是?"爱娃问道。

"这把匕首可能对你而言很重要,但一旦它被找到就全完了,连同染血的车票,这把匕首就暂由我保管吧,你先拿这个代替它。"

"这是……"

"不是什么名贵的东西,不过应该能在旅途中派上用场。好在它是全新的,上面没沾过一滴血,而且刀刃的形状也不一样,即使受到怀疑,你也能设法逃脱。不过为了避免这种情况,你逃得越远越好。我嘛……我想想,为了尽量远离你,我就从华沙进入欧洲吧。"

说完,我便告别了爱娃。我想此生我可能都不会再与她相见,即使能相见,恐怕也是许久之后了,不过如果那个时刻到来的话……

我要把这把印刻着凤凰的匕首还给她。

而我知道,今天便是这个时刻。

5

突然,头上的光线变亮,恢复了原来沉稳的色调。

回过神来,我发现自己站在刚刚的接待室里,面对着爱娃·库鲁格的曾孙女,刚才浮现在眼前的异国车站的月台已不复存在。

不知是不是想象出来的世界,我本该和她进行着极为普通的对话，也许是我说了什么奇怪的话吧。不，说不定对方也是如此……

感到气氛有些许尴尬，我们随后又闲聊了两句。知道了想知道的一切，想归还的东西已经归还，我也拿到了想要拿到的东西，再也没什么能把年龄和境遇都相差甚远的我们联系在一起了。

离开她家后，我又数次尝试代入锻治町清辉，但最终都未成功。我无法保证那个时候我变成他看到的一切是真的，说不定全都是我的幻想。不过我作为演员，并不觉得这一遭遇有多么奇怪，那般情境下所抓住的事实便是真相。

尽管经历了如此奇特的体验，我依然不知道"叔叔"的真面目，但却有种极其愉悦的感觉。经过此事，我知道我们是同一种人，在那个疯狂的时代、疯狂的世界，"叔叔"冒着生命危险，不计代价地保护了我恐怕也会认可为同伴的人，我为此而感到无比高兴与自豪。

下面进入中场休息。

我们在大厅茶歇处准备茶点,恭候各位品尝。

同时商店里正在销售《叔叔的旅行箱》宣传册以及本公演制作人的自传随笔,请各位前往购买。

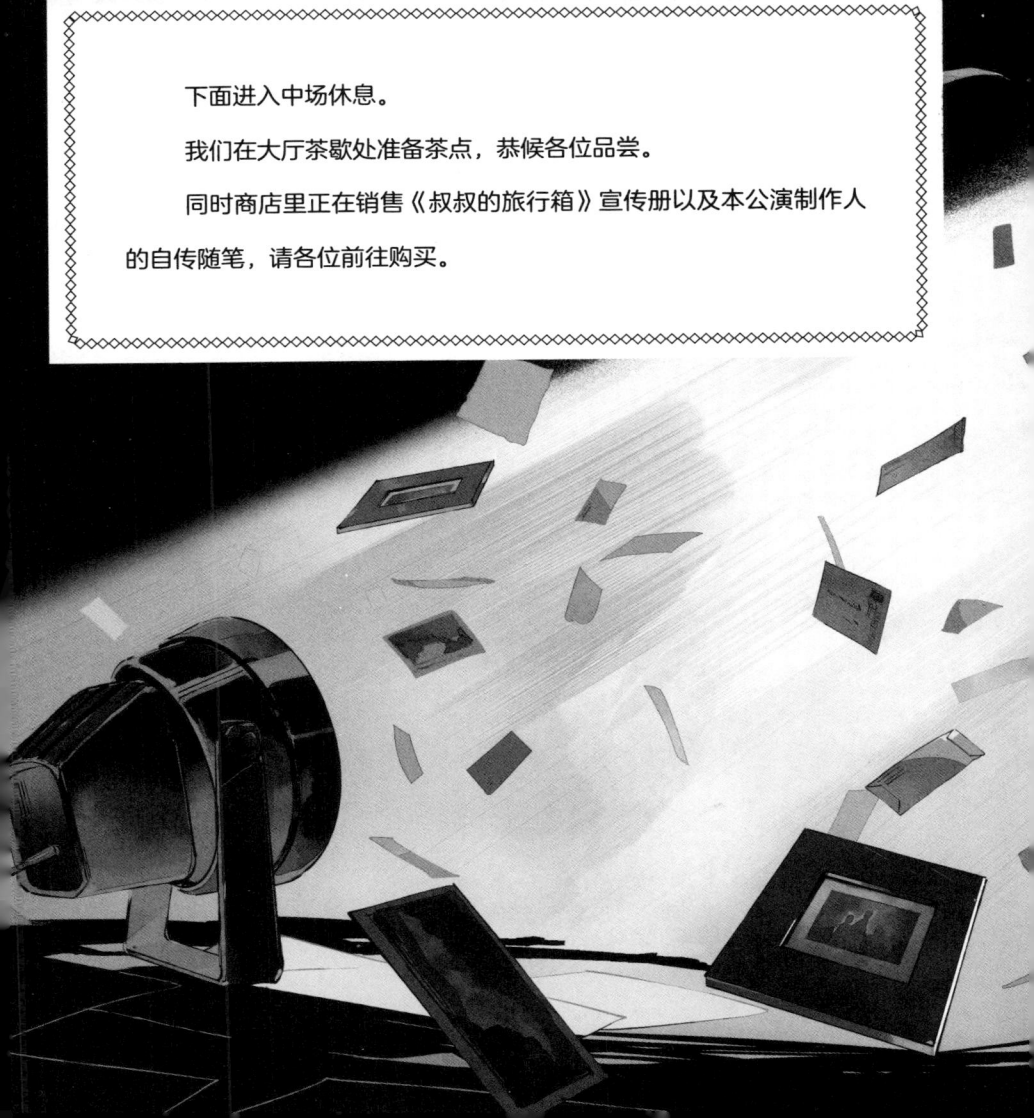

叔叔于幻灯之中

1

那个人的身影，出现在魔法之光下。

一打开信箱，里面塞满的报纸和传单就啪啦啪啦地掉了出来。

要不还是放弃续订报纸吧，最近都没怎么好好看就当成资源垃圾扔掉了，而且光是收拾散落在房间各处的报纸就是一项大工程。如果长时间不在家，我会请配送店铺停止配送，不过这本身也挺麻烦的，有时候只是出去个两三天，信箱就呈现出这般惨状，果然差不多是时候停止续订了吧。

不过，长年累月形成的习惯是很难改掉的。像我们这代人都会根深蒂固地认为，一个大男人就应该订阅报纸，而且做新闻报道也需要花费成本，所以哪怕少订一家报纸都感觉多少有些不好意思。毕竟我演过好几次报社记者，有时不禁会胡思乱想，说不定正因为我停止订阅，让报社陷入经营困难，才让这世界上的假新闻层出不穷呢。话说回来，最近记者的角色都不怎么找我演了。

此外我从前就在想，就不能别总是让超市的特卖传单、补习班的报名指引、墓地的购买指南以及一些奇怪宗教的传单塞满我们的信箱吗？可能有人会说，那干脆贴上"谢绝传单"的贴纸呗，事实上我们公寓也确实有人这样做的，不过这种做法也有弊端。因为有些传单是我所需要的，我倒是希望能给我的信箱里塞满比萨外卖或者便当的折扣券，不过这样多少也不太现实。

好在今天信箱的信件里夹杂着几张传单，让我感到了些许幸福，但也有一些不寻常的快递混杂在平常的信件中，这下我可算知道造成今天的信箱比以往塞得更满的罪魁祸首了。在我准备拿报纸时，它们从里面掉了出来。是五六封用普通白色信封寄来的信。看到它们时我大吃一惊，但很快我的惊喜和期待就变成了失望。

收件人并不是我，而是散布在日本各地的陌生人，但这些信件的发信人全是我自己。尽管不知发生了什么，但一瞬间，一种奇怪的感觉袭上心头。

我的疑问很快就被信封上的红色戳印给打消了——"未查询到投寄地址 RETURN UNKNOWN"。这些许有些奇怪的日语宣告着我前些日子的尝试都是徒劳无功，简而言之，我此前寄出的每封信都因无法找到收件人地址而被退回了。

果然是这样吗？我轻叹一口气，将散落在地上以及被塞进了信箱深处的信拿出来，准备在下次收集可燃垃圾或资源垃圾时丢掉，这时……

我惊讶地眯起眼，发现在刚刚随意抓起的一堆纸中，掉出了一封明显不同的信。那是一个破旧不堪、颜色暗淡的黄色信封，信封用的是如今非常少见的牛皮纸。我拾起一看，发现信封正面用略有擦痕的墨水写着我的名字和地址，而翻过来看见背面用同样的笔迹写着寄件人的名字。

尽管在我这个年纪已经很少如此了，但心里不由得咯噔了一下。我按捺住想当场拆开这封信的急切心情，用右手手掌轻轻托着这唯一的"收获"，左手抱住剩下的信件，急急忙忙地离开了这里。

2

关于"叔叔"的调查，已经持续了好几个月了。

我接受了那位制片人老友的提议，又或者说是被他以"创造以自己为主角的戏剧"这一诱饵所诱惑，开始追寻起锻治町清辉其人的一生。在这段追寻之旅中，不仅有出人意料的邂逅，也有惊奇的发现等待着我，尽管这一切都令我万分惊喜，但随着一个个真相水落石出，我却陷入了深深的迷惑中。这一切该怎么说或者该如何分析和理解呢？毕竟这个男人时而在日美开战前夕，在避暑胜地的宾馆里救助隶属于抵抗组织的法国人于水火之中，时而和爱好博物学的侯爵一同奔赴南方的密林寻找梦幻之蝶，甚至还在欧亚联络国际列车上，在前往遥远目的地的旅途中，协助身负传奇命运的德国女性脱离险境，他简直就像是出现在许久之前的少年及热血冒险小说里的超级英雄。

这本身相当有趣，假设现实里真有这样离奇的人生（事实上也确

叔叔于幻灯之中

实存在），这个令人厌倦而无聊的世界似乎也显得没那么无趣了。叔叔的旅行箱就如同一个百宝箱，随意拿出一件东西，都能挖掘出背后波澜万丈的传奇故事，如果尽情地检查旅行箱中的东西又会怎样呢？光是想想就足够令人激动万分。

但光是这样也不过如此，毕竟叔叔——锻治町清辉其人的真面目依然不得而知，他的华丽冒险越是惊险刺激，就越难以发现他的真实面貌。虽然这句话现在因总用于形容那些否定新鲜事物的老顽固而沦为了一个笑话，但我还是想借用所谓的"没能刻画出人物的形象"这种说法。

至于为什么一定要刻画出他的形象？因为我需要饰演他，我必须在舞台上塑造出一个活生生的"锻治町清辉"，我必须将我那制片人老友（或者说是损友）抛来的球再抛回去，如果能作为主演控制一场戏的方方面面，我必定不会无欲无求地错失这一良机，而且我也并非那种乐观地以为还能再逢良机的蠢蛋。既然如此，我决不能随意进行人物解读，应付了事。即使真的存在不明白之处，也必须进行确切的查证，以尽可能填补人物形象的空白。

遗憾的是就目前的情况而言，他不过是个周游世界、自由放浪的快意男儿，夸张地说就像是詹姆斯·邦德或印第安纳·琼斯，如果以日本英雄来比喻，就像本乡义昭。当然也有人并不在意人物形象是否丰满，正如我刚才所言，光是有这般拼命燃烧生命、大放异彩的男人便已经很好了，没必要将他拖入琐碎的凡尘之中——有此想法倒也不足为奇。我并不想否认这种看法，有时看着那些充满漫画色彩、形象单薄却能快意恩仇的英雄或是一味作恶的敌人，这也是一种乐趣。我作为演员也时常想扮演这类角色，但这样的人绝不是我的"叔叔"，我也不希望他是这样的。毕竟这种形象，与在遥远的旧日里我曾听过其声、见过其人、至今依然记忆犹新的那个人完全无法重叠在一起。那样温文尔雅、妙语连珠的叔叔会有不为人知的一面？或是说任何人都有两张完全不同的面孔？如果只是由一个三流作家随意写出的评论，这种解释或许还能应付过关，但现实却并非如此。

显现于旅行箱中的锻冶町清辉的人生轨迹，和鲜明地伫立在我记忆中的叔叔，如果无法填补这二者形象之间的鸿沟，我便无法继续前进。

叔叔是如何踏上探索与冒险之路的？或者反过来说，他是如何在经历了种种体验后变成那样一个人的？如果我无法理解其来时之路，是无法将这个人物搬上舞台的。

既然如此，只能另辟蹊径了。

要如何了解叔叔的工作，不，如何了解叔叔的为人呢？答案非常简单，这甚至可以说是采访或研究的基础——去问问了解他的人就行。不过想要找到这样的人绝非易事，孩提时代的我曾问过周围亲戚家的大人"那个叔叔是谁"，然而没有一人回答过我。

有时是他们实在无法想起叔叔的存在了，有时是无论我怎么解释他们都不明白，即使能回想起来曾经似乎有这么个人，也不记得关于他更多的事了。在我还年轻时,关于他的记忆就已经如此模糊不清了,事到如今恐怕更是暧昧难明。况且那些我小时候的长辈们如今都已相继去世,有时突然得知那些亲戚们早已去世,我也会黯然神伤。

那么应该问谁呢?事实上线索就藏在旅行箱里。在箱子的一角,胡乱地塞着几封信件和明信片,它们与带着复古味道的彩色明信片、珍奇的植物标本以及连接亚欧大陆的车票等物品不同,看上去毫不起眼,也感受不到它们背后惊心动魄的传奇故事。这些信件的收件人都是锻治町清辉先生,不过这也没什么奇怪的。可能是因为他在很长一段时间内辗转于不同地点,上面的地址都各不相同。

如果能知道这些信是什么时候寄的,说不定能发现什么有趣的事。然而,其中很多信件的邮戳都已模糊不清,信件内容里也没有写年份,一时间很难判断是什么时候的信。当然我也匆匆翻看了信件的内容,不过这些可能只有当事人知道的事,抑或是无关紧要的时下寒暄(可能这一点本身有其意义),似乎不能作为线索。要研究信件内容可能还要花点时间,我姑且先将注意力放在了寄件人一栏。

这些人确实接触过锻治町清辉,无论交情深浅,既然他们之间有所联系,就应当对他有些印象或回忆,正如刚才所言,既然我身边的人已经指望不上了,就只能在他们身上赌一把了。不过对他们中还有多少人活着,我心里完全没有底,毕竟从这些古老的信件来看,并不能指望给叔叔写信的人比我的亲戚们年轻多少。

即便如此,我还是死马当作活马医,给信上的地址寄了信。即使这些人还奇迹般地活着，很有可能他们已经搬家，抑或是地名本身已发生了变化。我不顾这些令人丧失干劲的预设，艰难之下写了几封信，毕竟我本身不是个爱动笔的人，这几年也很少写信。人一旦习惯了打电话、发邮件，即使不是手写，光是写出一篇长长的文章，将其打印出来，签名后叠好放入信封，贴上邮票再投入邮筒里，这一系列行为就已经足够困难了。不过这次信的内容是一方面，目的本身是另一方面。

"请原谅我冒昧来信，我是××，正在调查一位名叫'锻治町清辉'的旧识，正在我一筹莫展时，在他的遗物中发现您寄给他的邮件，我知道此举异常唐突，但正如您现在看到的信件……"

如果将上面硬生生挤出来的内容一一手写后寄出，最终肯定是无功而返，对方甚至可能都不愿拿起来看一眼，但我还是耐着性子完成了这项与其说是麻烦，不如说是徒劳的工作。在寄出大量信件后，我已经筋疲力尽了。

几天后，我寄出的信件又原封不动地送还给了我，它们既没有被打开，也没有被人看过，甚至根本就没送达过目的地，上面无情地印着"未查询到投寄地址 RETURN UNKNOWN"……

不过如今唯一的例外就是这一封吗？我看着客厅桌上的信，不由得在心里嘀咕着。

如方才所述，这封信的信封是牛皮纸做的，光滑的表面上有几条竖线，这信封不仅古老，还皱巴巴的，上面贴着的邮票也非常怀旧。二十日元邮票上的是松树，十日元邮票上的是染井吉野樱花，七日元邮票上的是金鱼，五日元邮票上的是鸳鸯。

信封一旁写着我的名字和地址，那墨迹不光带着擦痕，还处处都能看见墨水干涸凝固的迹象，可能是用笔尖已经磨损的钢笔勉强写出来的，有些地方的字迹是分叉的。

这封信仿佛来自遥远的过去，但上面邮票的金额确实是现代标准平信的邮资，而且邮戳上的日期清晰可见，正是昨天。

这是怎么回事？我怀疑寄件人是不是有怀旧情结，不过很快就知道了个中缘由。或许因为我父母辈的人也是如此吧，他们爱惜东西，会将曾经装钱的信封一直留着，从不扔掉。而且，以前写信的机会很多，所以自然也会买些邮票备用。然而随着时光流转，写信变得没有必要，也没有力气给人寄信了，这些信封和邮票就一直躺在抽屉里，这次终于久违地让如今用不上的邮票、破旧的钢笔和干涸的墨水派上了用场。放任自己像这样幻想可能也算是我的职业病吧，但这想法未必是我猜错了。

以往我可能直接随意地撕开信封，但这次却是用剪刀剪开后取出里面的信件，或许是几十年没有用过了，信纸上有淡淡的棕褐色，信件内容如下：

叔叔的旅行箱：
幻灯小剧场

敬复

您的信件我收到了，收到您寄往亡兄寒舍的信件，我很惊讶，而看到您正在调查锻治町清辉的事，就更令我惊讶了。我是收件人的妹妹，嫁为人妇后，因与丈夫死别而恢复旧姓，并回到娘家。无论是哥哥还是锻治町先生，我已几十年未听人提起过他们了，不由得惊觉时光飞逝。

如今我年老多病，无法随意行动，如果您能在闲暇之际来访，我定会知无不言。

这封回信带着出人意料的善意，即使用于书写的笔很破旧，但无论是笔迹还是文章都很工整，而且能感受到一丝优雅的女性风格。

我连忙准备回信，想趁着对方没改变主意之前尽快提出拜访，却发现自己忘了确认一件重要的事——这封信究竟是回给叔叔哪封信的？当时我写了很多询问的信件，而且是一起寄出去的，记忆实在有些混乱，但我并未细查就很快回了信。

因为这位回信妇人的哥哥（从信上的内容来看）给叔叔寄出的不是一封普通的信，而是件奇怪的东西。那是一打开叔叔的旅行箱我就立刻注意到的物品之一——幻灯片的底板，后世或者说最近已经不怎么能看到了，那是用作幻灯片的玻璃板。这些底板被牛皮纸包着，打开包装纸一看，那是个大信封，上面正写着那封信的收件人地址和姓名。

那么，问题是这些玻璃底板上刻印着怎样的风景或人物呢？

最初发现它们时，我曾尝试透过光线用放大镜去看，但实在不知道上面是什么。这下就必须借助魔法之光——幻灯机，同时也必须找到它们的主人了。

3

幻灯机（Magic Lantern）——无论是日文名还是英文名都有着梦幻般的美感，而会对它产生怀旧之情的，大概也就是我们这代人了吧。有时能在玩具店里看见马口铁制成的小幻灯机，有时杂志也会附赠纸质的折叠幻灯机和几片粗糙的胶片。因为后者实在简陋，得自己准备光源，所以我会用台灯或者在没有台灯时使用手电筒，即便如此，往往也只能看到极其模糊的投影。

在学校里，幻灯放映机——在胶片相机都几乎难得一见的当下可能很难让人理解——才是主流，通常被用来在理科课程上观看图鉴。

没错，那还是在高中地理课上，老师出人意料地拿出一个老式幻灯机，开始讲起了高空中的大气现象，恐怕那是当时唯一合适的教具了吧，而且用的还不是幻灯胶片，而是在细细的木框上放置了几片玻璃底板，以古老的左右滑动的方式来替换图像，所以经常会出现不小心滑过了而要将玻璃板再推回来的情况。

多亏了这段经历，让我在几十年后很快就发现手头拿到的这玻璃板是幻灯片的底板，只要知道了这一点，接下来就简单了（但事情并非这般简单）。在东京，家中有幻灯机的人家恐怕比有章鱼小丸子机器的人家还少。不过幸运的是我认识一个人，无论是幻灯片底板、蜡筒唱片还是现在已成为旧日遗物的穿孔式打卡机，他都能准备得出相应的物件。

"把那边的遮光布拉上……然后把爪哇木雕塞进旁边的青铜壶里，没关系的。再把人体模型和茶柜放近点，把那个中式屏风叠起来后夹在里面……啊，这样就行了，我看看。"

眼球堂古董店的店主毫不客气地发出指示，自己也麻利地忙活着。很快，把地板挤占得只剩一条小道的东西纷纷被收拾好，他拿出了一件似乎有些来头的底座。这底座看着不高，表面的涂层很是斑驳，他又加了两本封面烫金、装帧讲究的外文书，然后放上了自己珍藏的魔法之灯——一盏仿佛来自玩具世界的幻灯机。

上次拜托他检查叔叔的旅行箱，结果他很快就找到了暗袋，并从中找出了令人害怕的东西——一把带血的匕首，这次他也同样出色地完成了我的请求。

他看到那些玻璃板后多少有些疑惑，"啊，这个啊"，他似乎发现了什么，走进店铺后方。我无奈之下只得等待。终于他回来了，"或许……能用这个试试吧。"他略带疑问地抱来一个黑黢黢的纸箱。箱子侧面印着"Magic Lantern"和其他文字，还贴着一幅复古的画，上面描绘着全家团聚观看幻灯会的景象。

很快，一个和箱子上的剪影一模一样的幻灯机被他从箱子里拿了出来，它比我想象得小上一圈，向前凸出的镜头和周围的构造相当精巧。尽管是个金属盒子，但造型可爱，惹人喜爱，可能因为它的样子和颜色很容易令人联想到装满西式甜点的罐子吧。

尽管看上去还很新，但毕竟已经有些年头了，眼球堂主人对内部线路不太放心，仔细检查着电线的绝缘套，还把里面的灯泡换了，然后对着我说："劳烦你关一下那边的灯。"

他说着指向一个地方，我看见一个藏在商品和隔板后面的开关。明明外面天色尚明，但刚一关灯，店里瞬间陷入一片黑暗之中。很快，眼球堂主人扭动电灯开关，前方的白墙被镜头射出的白炽灯光照亮，他刚刚的一番收拾，主要就是为了腾出这块空间来替代放映屏幕。因为这不是放映机，所以并没有什么机械的驱动声，而且也没有配冷却风扇，自然听不见风声。

在镜头光线和屏幕墙反射的光芒的照射下，店里那些古怪的古董纷纷显出模糊的轮廓，店里只能听到眼球堂主人摆弄幻灯机、插入底板的声音。突然，我听到屋里某个位置传来带着杂音的音乐声。那是被统称为西洋音乐的爵士乐，我好像在外国的老电影中听过，又似乎在被称为"榎健"的榎本健一出演的日本老电影中听过。总之，那是一首颇具怀旧风情，令人不禁想随之起舞的乐曲。

很快我便知道它从何而来，眼球堂主人在偷偷准备的手摇式留声机上播放了他珍藏的SP唱片。以这首乐曲为背景音乐，我和"叔叔"的幻灯放映会开始了。

最初的影像是一条异国陌生街道的街边风景，那似乎是个港口城市，不同肤色的人来来往往，远方似乎还能看见货船。影像忽然向外快速推出，随即呈现出了不同的风景。这台幻灯机也是用放置多片底板并按顺序滑动的方式来放映的（少年时代的我曾对此感到十分好奇）。

咔嗒、咔嗒，我听见眼球堂主人不断放入新的底板，又将放完的底板拿出来。随后出现了一些街道、港口，以及大海的影像，这些底板多少经过一些处理，既像描绘出的风景，又像实景一般的画。

我有些心急，光看这些影像，实在不知它们有何意义。我随即意识到，这些影像之所以会被制成底板，是为了让更多人看到这些风景，因此想必当时一定是伴有解说的。然而现在没了解说，这些地方究竟是哪里，又为何会被记录下来？我根本无从得知。不过很快，我的不满和疑问就被下一张幻灯片打消了。

"这……这是……"我不由得叫出声来，猛地向前探出身体，甚至差点打翻了周围的古董。这也难怪，和刚刚的风景不同，这次在白墙上映出的是一幅人像。

镜头并没有拉得很近，倒不如说从整体构图来看，这是从远处拍的，所以我当时直接看底板时并没有辨认出人脸，不过这次通过幻灯机的镜头扩大出来时，我很快发现站在那里的正是叔叔——锻治町清辉，以及站在他身边和他一起微笑的另一个男人。

他看上去比我记忆中的"叔叔"年轻得多。但也不算过分年轻，这至少看起来并非战前或战时拍摄的。应该是我出生前后吧，我毫无根据地推测着，毕竟对这位总是温和微笑着的叔叔，这位一开口就仿佛能说出无数有趣的故事，总带着我四处游玩的锻冶町清辉先生，我是绝对不会认错的。

在他身边的是一位与他年龄相仿的人，看上去体格精悍而略显严肃。

那是谁？我冥思苦想，一时间想不出这人是谁。不过看他俩并肩微笑的样子，想必这位男性是叔叔的知心好友——我推测他们甚至是意气相投的同道中人。

我目不转睛地盯着白墙，音乐在不知不觉中结束了，店里再次被黑暗与寂静笼罩。

不一会儿，眼球堂主人说道："抱歉，底板可能会因过热而受损，可以换下一张了吗？"

"啊，不，我再看看，"我刚一说出口，又担心让珍贵的底板受损，便又说道，"那麻烦换下一张。"

叔叔与他的好友，抑或是同道中人的影像被推了出去，但还没来得及与他们惜别，我就因下一个影像而更为震惊。与刚刚的影像不同，接下来的影像是一张更有家庭气息的人物照。那是一位年轻而落寞的女性，她的膝上抱着一名幼子——一瞬间，一种异样的感觉袭上心头。

在这个除了叔叔以外，一切都看似与我无关的幻灯世界里，我突然感到了某种莫名的联系，给我带来仿佛被针扎、被枪刺般的疼痛感与错愕感。

"你怎么了？"不知过了多久，眼球堂主人流露出一丝难得的担心，向我问道。随后他看了一眼白墙，猛地醒悟过来，然后小心翼翼地继续问道，"难道这上面映照出的是……"

"不，不是的！"

我不由得大喊着站了起来，走向刚刚自己关掉的电灯开关，颤抖着打开了它。一瞬间，耀眼的白光照亮了店里，白墙上的影像随即消失不见。

这不可能！

我心如擂鼓，仿若无数的钟鸣。

这绝不可能……刚刚影像里的孩子绝不可能是我，而将我抱在膝上的，也绝不可能是我的母亲！

4

尽管这些年很少被提及了，但以前经常有人问我："你为什么不结婚呢？"

这种问候如同谈论天气的寒暄一般，因此我也时常羞涩地笑着，用"算是吧"这种话应付过去，但事实上我有自己的理由。这和在我更年轻时只要遇见我有好感或对我怀有好感的女性，我就立马想结婚的理由是一样的。

其实我并非在所谓的"正常家庭"里长大，确切地说，是社会舆论使然。尽管当今日本社会上已经对事实婚姻、单亲母亲等司空见惯，并开始认真探讨这些现象，但在不久之前却并非如此。只要些许偏离了"一对父母一同抚养孩子"的标准情况，就会变得引人注目，成为他人指指点点的对象。

现如今在地方报刊上依然每天都能看见上面刊登着孩子的照片，写着××宝宝是××先生（爸爸）的第几个孩子，后面必然跟着孩子妈妈的评论，这种形式其实是很残酷的。毕竟如果孩子从小失去父亲，或者母亲生完孩子就过世，很快就会被世人发现这个家庭标准的形态分崩离析，是个并非世俗意义上"正常"的家庭。

所以当一个孩子出生在并非通过正常婚姻组建起来的家庭时，周围的人就会拼命掩饰。比如完全违背事实，假装孩子是出生在亲戚或者熟人的家中，然后让这孩子被自己的生母领养。详细情况我不便多言，因为我自己便是如此。当我意识到自己真实的出身，并发现户籍上满是谎言时，心中充满了震惊与痛苦。每当我不得不拿出户籍本时，仿佛都有一个声音在告诉我：你是欺瞒的产物。这让我倍感厌烦，我之所以会选择成为演员，也是因为从中感受到了"不用说真名，可以说出仅属于自己的角色名"这件事的独特魅力吧。

不过我在青年时代的某个时候曾得知，只要结婚就能建立属于自己的新户籍，就能从那些令人不悦的荒诞谎言中脱身。我总会以结婚为前提和女性交往，并非因为我是个诚实而老派的人，而是为了掩藏我这等动机。不过最终我得知，即使以这种方式建立新家庭的户籍，只要有机会稍加探究，以前的户籍很快就会被发现，而我甚至不知这样的机会何时会来临。从那天起，我的结婚热情消散得一干二净，直至今日亦是如此。

我竭力不去关注自己的身世，不去打听我的母亲和怎样的男性相爱并最终生下了我，也从未追问过我的父亲是谁、身在何方，于我而言这样就好。如今我母亲已过世几十年了，我偶尔也会想，当时如果问问她就好了，但事到如今早已无济于事。

没想到在这里，在与叔叔——锻治町清辉相关的幻灯片底板中，出现了母亲和我。这究竟意味着什么？对我而言"叔叔"究竟是什么人？此刻我不得不直面这些尖锐的问题。

说实话，在叔叔陪我玩的时候，以及其后很长一段岁月里，我都曾希望锻治町清辉就是我的父亲。不过若果真如此，为什么他不自报家门呢？为什么要和我保持那般微妙的距离呢？这些问题令我费解。无论是我乐此不疲地讲述关于他的往事，以至于被那位制作人关注到，还是如今这样追寻着他的足迹，可能都是出于我那隐秘的欲望与疑问。

没错，可能……不，一定是……

叔叔于幻灯之中

"您怎么了？"

面对温柔的女声，我猛地抬起头，眼前出现一位年过八十——不，可能已过九十的老妇人高雅的面庞。她白发蓬松，面容细长，纤瘦得仿佛能被折断的身体包裹在雪纺衬衫中，看上去宛如一个不谙世事的小女孩一般。不过漫长的岁月在她的脸庞上刻下了层层涟漪，换个失礼的说法，让人不禁联想到古木上的树纹。

"不，没什么。"若是在舞台上，我这般刻意望向周围的举动一定立刻会被批评，"您在这里住了很久吗？这真是栋气派的宅子啊。"我说着并非恭维的话语，喝了一口她招待我的红茶。

"是啊，"尽管我突然提出拜访，老太太还是欣然接受了，她带着一如既往优雅而和蔼的笑容说道，"可能是三十年前吧，因为丈夫去世，我便回了娘家，替亡兄打理此处，当时这栋宅子是纯日式的，但已经破败得难以修缮了，我就干脆按照我和亡夫的喜好将这里改建成西式风格。"

确实，当我看到这座壮观的西式建筑伫立于车站远处那悠闲的乡间景色尽头之时，多少有几分惊讶，既然这里曾是纯日式的，那应该是富农的宅邸吧？

我向迄今为止唯一给我回信的这位女性做了自我介绍，并漫不经心地闲话了一会儿家常。不巧的是，她对我这个演员并不了解，所以只是含糊地笑着，不过倒是对我曾经合作过的明星们很感兴趣。

言语间我渐渐得知，这位老太太的哥哥曾是锻治町清辉的朋友

129

之一,她也见过他两三次,至今对他聪慧而绅士的样子和言谈举止印象深刻,但对于我想知道的事——"叔叔"是什么人、从事什么工作——她只有极为模糊的印象。

"我想想……好像是做贸易还是公益事业吧。会去帮助国外的穷人,涉及范围也很广,但更多的就……对吧?"

她露出了意味深长的微笑,若她再年轻个三十岁,必然会惊艳四座吧。如此一来,我也不便再追问下去。她甚至记不清她的亡兄与锻冶町清辉是如何认识的、两人之间有什么关系,毕竟她并非直接认识锻冶町清辉,即使她真的直接认识他,想必也已经忘却到只有极为模糊的印象了吧。

如果是这样,又将是无功而返。千里迢迢换乘电车,在车窗外恬静的田园风景中几度打盹,最终到达这里的此次行程也将变得毫无意义。

"那个……其实有件东西我想让您看看",我说着从包里拿出了那些幻灯片底板,还没完全将包裹在古老信封里的东西拿出来时,"哎呀,这确实是哥哥的笔迹,真令人怀念啊……难得你留存着这些东西啊。"

我无视了她开心的笑容,从信封中拿出了几张玻璃板,当然这些底板不能直接这么看,而我也不可能把幻灯机扛过来,因此我向眼球堂主人借了点小道具,它名为视图器,只要将幻灯片底板插入其中,然后对着明亮的光线看去,就能看见上面的图像被扩大到普通照片的大小。

"是吗，只要将这个玻璃板插进去……哎呀，还真是，看上去很清晰，而且还很大呢。"

本来我还担心她年纪大了，眼睛不好，又嫌摆弄这些东西麻烦，但似乎我的担心是多余的。老太太兴致勃勃地通过视图器看着那些令她联想起少女时代的旧日风景。首先我按顺序给她看了几张某个海港城市的风景照，当我问到这些照片是何时拍于何地时，老太太却一味摇着头。

"这个嘛……我听说哥哥年轻时因为工作到处出差，在还不能自由地去国外旅行的年代，他就已经去国外工作过了，说不定是那个时候拍的。不过当时他不光是为了工作，好像也卷进了令人担心的政治问题里，我曾见过他和父亲激烈地争执，我丈夫好像也曾给过他建议。"

"那您的意思是，这是您哥哥从事相关工作时拍摄的照片吗？"

"这我就不知道了，不过这是幻灯片，本身就是为了让更多人看到的对吧？也就是说，虽然不知道是什么内容，但哥哥用这个向某人进行了某种报告或汇报，在用完后将它还给了锻治町先生吧。"

尽管她只是语气平淡地回忆着过去，但却一针见血地说中了事实，不由得令我大为吃惊。这可能不仅仅是猜测，而是她听说过亡兄以某种方式使用幻灯片进行某些活动。

三张、四张……我放下这些念头，依次插入底板，等放到那张照片——锻治町清辉叔叔和另外一人的照片时,她说道:"啊,我记得,我记得!这位就是锻治町清辉先生,真令人怀念啊……我们家一张关于他的照片都没有,这真令人怀念啊。"

老太太满是皱纹的脸上浮现出一丝红晕。我暗暗心想,果然是这样吗?接着按捺住激动的心情问道:"那关于锻治町清辉旁边的这位男性,难道他就是您的哥哥吗?"

"不,不是的,你难道要说这是我哥哥吗?"

她一改方才的态度,语气出乎意料的强硬。我用略显迟疑的语气说道:"不,这可真是失礼了。不过您应该认识锻治町先生旁边的这位男子吧?"

然后老太太露出了复杂的表情,似乎难以启齿。"虽然这话听起来可能像是在说他的坏话,但我听我哥哥提起过他。他丢下自己老婆孩子不管,天天泡在当时还没正式成婚的锻治町的妻子身边。"

她苦涩的语气中带着一丝怜悯,我忽然注意到了一点,"也就是说,当时锻治町先生不在他夫人身边吗?"

"是啊,那是当然。"老太太肯定地说道,"毕竟锻治町先生一回国,他就不知跑哪里去了——说不定是去国外了,然后再也没有回来。"

尽管她语气平淡,但我却大为震动,也就是说"叔叔"只留下了给我的回忆,以及那个旅行箱,就从这个国家——不,恐怕是从这个世界上消失了吗?

不过这人盯准了锻治町不在家时特意接近他的妻子，又有什么目的呢？反正一定是什么邪恶的欲念，我不由得为之咋舌。这般卑劣的行径即使放在当下也算少见。我目不转睛地盯着视图器里那个男人的脸，带着无限的憎恨与轻蔑……突然，一个可怕的事实摆在我面前。

我似乎见过锻治町清辉身边这个装作他好友的陌生男人的脸。不，不是这个男人的脸，我见过与这个男人长得很像的人，而且不是以前见过，而是最近见过，昨天见过，不，今天也……

"哎呀，说起来……"我因这突如其来的发现而震惊到失去言语。

老太太天真地笑了笑。她像是发现了什么似的，指着视图器里映照出的另一个男人说道："这位和您不是长得很像吗？难道说，您和这位……"

一瞬间，我内心隐秘的想法开始分崩离析。难道我的父亲并非我暗自期待并一直敬仰着的锻治町清辉叔叔，而是这个男人？这不可能，绝不会有这样可怕的事！

我周围的灯光突然暗下来，仿佛我独自一人身处黑暗之中一般，这种感觉就宛如在古董店里的幻影灯会一般，甚至在其之上。

这是一个没有其他人的舞台，舞台之上唯有一个演员孤独地站在聚光灯下，而这人正是现在的我。

叔叔与我

1

在这里，我便是"叔叔"。

发黑的天花板，褪色的榻榻米，被阳光照得发黄的拉门，雕花的格窗，不同架子上摆放着的怪异摆件，以及摆在日式灯罩里的电灯。

这是一间被时光遗忘，正在慢慢腐朽的房间。

不过，这里有人悉心打扫，并没有脏乱的感觉。想必是精心打理此处的老夫妇努力的结果吧。而他们的心意也体现在了桌上的一道道菜肴之中。

"来吧，来吧，那么……尽管时间还早，但毕竟是白事餐食。"

"那真是谢谢了，不过我明明没见过被追悼的人，你们还这般精心招待我们。"

"哪里哪里，不过这里确实难以继续维持下去了，所以我们也在考虑重建。"

"这也难怪，那以后很难再在这里举办法事了，今天可能是最后一次了。"

"那么，现在举杯虽然为时尚早，就为与本家的惜别而干一杯吧——来，请大家别客气。"

众人进行着客套的交谈。不过考虑到是在举行丧事，如果在这里高谈阔论的话想必会引人不快，就像是在脏兮兮的小酒馆里大谈戏剧理论直至天明。

突然我意识到，无论是青涩的戏剧辩论还是烦冗的法事，对现在的我而言都没有太大差别。尽管放在以前是难以想象的，但至少我不像以前那样厌恶这种场合了。

从小就被莫名其妙地带到这种亲戚聚会上，使起性子来自然会觉得很受不了，想必人人都有过这样的体验吧。稍微年长一点后我便学会了心无芥蒂地逃掉这些聚会，一旦形成常态，周围的人也会觉得"反正那家伙是不来的"。这一招在很长时间内都是奏效的，偶尔我也会良心不安，不过能逃掉的聚会最好还是逃掉。

如今却不能如此了。替我打理这些世俗事务，挡在我前面的亲戚们都因年老而过世后，我便不可避免地要隔三岔五地在这种事务中露面了。

今天这场避不开的法事也是如此，我难得换了一身黑西装，来到了我们一族的本家宅邸。说是本家，倒也没什么权力或影响力，目前是一对比我年轻的夫妇简居于此。不，环顾四周后我发现比我年轻的不止他们，我已经算是这里高龄组的人了，而且还是年龄很靠前的那种。

法事的主角是放在祭坛上那张照片里的人，照片上的老太太露出一个无比温柔的微笑。尽管我对她有些许印象，但却想不起她是个怎样的人。

一种令人怀念的感觉萦绕心头。说来奇怪，我几乎完全不记得这位老太太，但却对这张照片本身抱有怀念之情。多年以前，甚至是更久之前，每当我造访此处并经过这个房间时，我都能看到这张照片。在褪成棕褐色的照片中，老太太的形象自然从未变过，唯有周围的人不断衰老，并在某个时候故去，然后出现新的面孔。

如此一来，我更搞不清谁是谁了。我总觉得眼熟，但这个人和我有什么亲缘关系？是我什么亲戚？越想越是一头雾水，不得其解。不过，事到如今倒也没法再问了，可能最终我们都互不相识吧。说起来，我甚至都不知道自己是谁了。

前几天我给那位老太太看的幻灯片中出现了令人怀念的"叔叔"——锻治町清辉，同时她也指出，在他身边站着的那个陌生男人和我长得很像，根据她的说法，那个男人成天待在锻治町清辉的妻子身边。我本意是追寻叔叔的足迹，却不得不面对一个惊人的事实。当然我并不知道锻治町清辉的妻子是不是我的母亲，但那个并非"叔叔"的男人和我长得一模一样，这不得不引起我某种可怕的想象。

这怎么可能？可是……

我越想越不明白，但却清楚意识到越是追寻这个问题的答案，我自身的存在就越危险，这令我感到害怕。就仿佛走在荒山野岭，忽然脚下一滑，跌入了某个山洞之中。本该尽快从泥泞中脱身离去，但眼前豁然洞开的山洞里仿佛有什么引诱着我一探究竟……

正在这时，我收到了举办法事的通知。

我从未如此犹豫是否要参加，毕竟即使出席法事，也不一定能得到什么线索，我也害怕问出什么暴露自身秘密的问题，更重要的是，我担心无意中问到我的身世，继而发现什么可怕的事实。不过，这是唯一能让了解往事的亲戚们聚在一起的机会了。

我不禁冒出了一种可怕的想象，或许他们早就看穿了我的身份和我的疑问，却装出一副若无其事的样子。当事人不知与自己相关的事，而周围的人却将视其为常识，这种事倒是出人意料的常见。

最终我还是来参加法事了。不过那些知晓往事的长辈们要么不见了踪影，要么即使还活着，我也不知该如何开口问起。就这样，大家在闲话家常和八卦之间顺利地吃完了饭。有人继续喝着酒，有人提前离席，也有人听说房子可能被拆掉，在征得管理此处的夫妇的同意后，开始参观起了房子。

宴席结束后，众人拉开了拉门，门廊外的景色尽收眼底。我曾经坐在庭院里，能看见外面一望无际的田野，如今记忆中的风景已完全消失，外面的房子都建到紧贴围墙了。不过门廊内侧却一如往昔，仿佛穿越了时空一般。

无论如何，能坐在门廊的木板间，感受着微风吹拂过肌肤的感觉，是一种久违的惬意体验。

看样子今天可能毫无收获，不过探寻答案原本就是一件难事，我正这么想着,却发现从背后投来了一个人影。

"请问……"来人的声音充满着活力,小心翼翼地问道,"请问是……吗?"

"啊,是我。"我诧异地回过头,微微睁大了眼睛。来人身材纤瘦,留着漆黑的短发,是个连看几眼都可能误以为是少年的少女。

"我想演戏……虽然高中就开始演戏了,但身边没人走这条路。听说您今天可能会来,我就跟着父母来了。"光是说出这番话就让少女呼吸急促地微微抬起脸,我不由得被她眼中闪耀的光芒所折服。

"你是来找我聊聊演戏吗?"我总算弄清了眼下的状况。我话音刚落,她便说道:"没错!"

她带着仿佛能吹散重重迷茫的希望与活力,以及未来的无限可能,站在我这个浑浑噩噩度过半生的成年人面前。于是,我言无不尽地与她谈起演戏,谈起高中和大学的准备活动,谈起今后的道路,谈起决定能否成为演员的分水岭,以及应对方法和选择。

这是非常愉悦而洗涤身心的时刻,忽然我心中冒出一个奇妙的疑问——这个女孩是如何看待我的,对她而言我究竟是什么身份?

毕竟在她看来,我不也是个充满谜团的存在吗?尽管有亲戚和熟人的介绍,但我不也是个身份不明,但可能引着她走入一个全然陌生的世界的人吗?

换而言之,在这里,我便是"叔叔"。

既然如此,在这个孩子面前,我作为成年人,应该能给她更多的希望，应该能为她开启未来，应该演好一个给她留下无限梦想和回忆的"叔叔"。想到这里，我的心不由得怦怦直跳。

我刚刚在想什么，演好一个"叔叔"究竟是什么意思？

见我突然沉默，少女诧异地问道："请问……您怎么了？"

"啊，没什么……是要说能一直演戏的秘诀对吧？"为了掩饰内心的动摇，我磕磕巴巴地继续说起来。这时伴随着一阵匆忙的脚步声，一个三十多岁的女性跑过来。尽管我不认识她，但少女回头问道："舅妈，怎么了？"

"那个……"对方语气惊慌地说道，"不见了。"

好像是说一个被带来参加法事的年仅五六岁的孩子。

"他去哪儿了？"

"就是不知道，所以才着急呀，回过神来就发现他不见了……"

"是不是在这个家里'探险'啊，这里是老房子，有很多可以藏小孩子的地方，而且到处都是珍贵的物品。"

听到我的话，女子似乎多少放下心来，"但他要是跑出去了呢，要是在外面发生事故了呢？"

面对她立马联想到的最坏情况，我正要安慰她说"不会有这种事"时，忽然内心一阵悸动，还伴随着某种刺痛的感觉。

那时候我还不知道是为什么。结果在不明不白的状态下，我和众人一起去寻找那孩子。好在这个小逃犯很快就被发现了，他正蜷缩在楼梯下的储藏柜里呼呼大睡。

经此一事，众人一起回到餐桌边。突然有人向我搭话，那是一位相当年长的女性——恐怕比我还大三四岁，我先前觉得她有些面熟，但最终没能主动跟她说上话。

似乎注意到我复杂的表情，那位妇人微笑着说道："哎呀，你不记得我了吗？这也难怪，我是你表弟的……你小时候我还陪你玩过好几次，说起来我经常看你出现在电视上，但你很少出现在家庭聚会上呢。"

她这么一说我便想起来了，是在亲戚们的聚会或是小型旅行时碰到的姐姐，虽然我们年龄相差不大，但那时我还小，而且女孩子发育得更快，所以看上去成熟很多。她是个温柔又热心的姐姐，会主动照顾我们这群在大人中显得孤零零的孩子，因此我记得当时很感谢她。虽然已经不记得她的名字以及我们之间是什么关系，现在也无从追溯了，但这段记忆如今依然鲜明。

这真是令人意外的重逢！面对这位未曾期待能够重逢的故人，我感到无比欢欣，开始回忆过去，并像是小孩子互相展示在海滩上捡到的贝壳一般与她对起了幼时记忆。不知不觉间众人纷纷离开，起居室里空无一人，但似乎并非所有人都回去了，还能听到刚刚引起骚动的孩子那开朗的笑声、大人们的交谈声，以及有人收拾食器的声音。我和她面对面坐在角落的桌边，听着这些声音一直聊到最后，她突然望向远方，说了这样一句话。

"说起来有这么一件事。当时我还小，而你更是个小娃娃，那时……"她言语间似有几分犹豫，但很快又调整好状态，说道，"地点虽然不在这里，但也是个差不多的聚会吧，当时周围只有大人们。你大抵是觉得无聊了，所以到处乱跑。我当时也还小，就没能像个姐姐一样顾得上你……好像当时是举行法事或是丧事吧，等事情告一段落后大家发现你不见了，都吓了一跳。你去哪里了，该不会被人贩子掳走了，或者被车撞了吧……我清楚记得大家当时真的很担心，现在回想起来，可能那就是我会开始主动照顾小孩子的契机吧，而我也从中体会到了乐趣，长大后成了学校的老师，现在虽然已经离开了讲台，但也在大学里教书呢。"

"有这种事吗？我自己完全不记得了。"我不由得屏住呼吸，自己确实完全没有这段记忆，心中刺痛的感觉比刚才更加强烈了。

"那你还记得我后来怎么样了吗？"

"你既然现在在这里，那肯定是平安无事地回来了啊。"姐姐一如既往地露出了沉稳的笑容，"和刚才那个孩子不同，你是真的跑出去了。不过奇怪的是，你又突然从院子里跑回来了。"

"从外面吗？"

"是啊，当时说不定你都出了大门了，毕竟你手上拿着一本这房子里没有的东西。"

"房子里没有的东西？那是什么？"我仿佛抓住了一丝线索，那究竟是什么？说不定我可以找回失去的记忆。

"是一本书。"她回答道。

"书?"

"没错,是一本儿童读物。好像是一本精装的侦探小说,封面很华丽……以前有很多这种既非儿童文学也非漫画的娱乐小说,一般都是少男少女爱看。那本书叫什么来着?我想想……"

在一阵焦急的等待后,我下意识地探出了身子。她朝我微微一笑,说道:"抱歉,我忘了,答案明明都到这里了。"

看着她指着自己的喉咙,我不由得有些泄气。但有件重要的事还是得问。

"那我为什么拿着那本书呢?毕竟肯定不是从哪儿偷来的。"

"你说是别人给你的。"

"给我的?"我鹦鹉学舌般重复道。

"是啊,说是个不认识的叔叔给的。"

她一句不经意的话深深刺痛了我的心。叔叔,不认识的叔叔,这个形象是否与我心中那个锻治町清辉叔叔若有若无地有所重合呢?

突然我的脑海中仿佛出现了颜料和画具,它们默默展开一幅风景。不,应该说是它们慢慢地对上了幻灯的中心。那是某个不知名的墓地,周围光线明亮,并不令人觉得恐怖。我能看见周围房顶的砖瓦和白墙,另一侧还围着一圈土墙,看起来像是某个寺庙的后面。

不知不觉间我变成了一个小孩,在那里尽情玩耍。突然间我发现旁边站着一个陌生男人,他一直盯着我,但我并不觉得害怕,只是有些疑惑他究竟是谁。

忽然他开口对我说了什么。现在的我什么都听不见，仿佛在看默片一般，但显然小时候的我听懂了。然后男人开心地点点头，从包里拿出了什么，那是一本封面非常吸引小孩子的书。

书名呢，书名是……我目不转睛地盯着书，仿佛用放大镜看杂志上的图片那样想要看清书名，但一切反而变得模糊起来。

孩提时代的我收到了意想不到的礼物，喜不自禁。于是男人弯下腰，摸了摸我的头。那一刻，对方的脸离我很近，他是……可能只是我的幻想或是虚构的记忆，但那毫无疑问就是"叔叔"——锻冶町清辉。

我想了解更多，便更加靠近"叔叔"，正要问他我长久以来的疑问。

忽然仿佛幻灯机的灯光熄灭，又好似镜头被盖上了一般，一切都消失了，我又回到了原来的地方。

"想起来了，我想起来了，是《八三二的秘密》，我后来在图书馆里看到有同样的书就想起来了，没错！"

几十年前的姐姐大喊的声音让我回过神来。一想到她把我从过去的记忆里拉回来，就不由得为她特意想起书名而有几分怨气，但她的话语也令我震惊。

《八三二的秘密》？八三二，八三二——832！

我被各种信息冲得晕头转向，一时间说不出话来。面对我一脸失魂落魄的样子，她满脸担心地问道："你怎么了？"我连连说着"没事没事",应付了过去,然后略带抗拒地看向她。如果刚刚她话里出现的那个人就是我方才在宛如梦境的景象中看到的锻治町清辉,那么那可能是我与"叔叔"的初次相遇。我特别想知道这一切发生在什么时候,又是在怎样的情况下发生的。

"那次我暂时失踪,然后又拿了本书回来,当时是个什么聚会,果然也如今天一样举办法事吗?"

一瞬间,姐姐开朗的脸上闪过一丝疑惑。

"什么,你不知道吗……还是说别人没跟你说?我刚刚还特意说得很模糊呢。"

"怎么回事?" 我莫名其妙地反问了一句。曾经的姐姐似乎有意隐瞒什么,犹豫片刻后,她还是下定决心开口,"那是锻治町清辉的葬礼。他去了国外后下落不明,很久之后才传来讣告,竟落得个尸骨无存。"

"锻治町清辉死了……"我茫然地呢喃道。她点点头说:"说起来有些奇怪,但当时以你母亲为中心,举行了锻治町先生的追思会。"

"以我母亲为中心……这又是为什么呢?"面对我好奇的疑问,姐姐显得越发惊讶,然后她的表情变得极为严肃,"你问这是为什么……你该不会不知道吧?难不成你真不知道?"

她露出了一副大事不妙的表情,似乎自己不应将当事人并不知晓的事情宣之于口。

"请告诉我吧。"我只说了这一句话。姐姐似乎有些踌躇,但最终下定决心点了点头,"我知道了,我说。毕竟如果只有身为当事人的你不知道,绝对不是什么好事。所以你听好了,尽管没有入籍,但锻治町清辉一直在与你的母亲交往,结果你出生了。也就是说,锻治町清辉正是你的生身父亲!"

2

后来,至于我是如何离开本家,回到熟悉的城市里的,说实话我已经记不清了。对从遥远的孩提时代起性情就没什么变化的姐姐,我是否好好道谢了,如果未能道谢,我一定会十分遗憾,也后悔于没能留下她的联系方式。

但这种失态是难免的,毕竟她告知的事实过于令人震惊,光是接受这件事就已经耗尽了我的心力。想必没有什么比这难以置信的事实更令人难以接受了吧,其中还有很多地方不合常理。

无论法律上如何规定,我的母亲事实上就是锻治町清辉的妻子,而我却长得并不像他,而是和另一个男人长得一模一样。显然,这不禁让人推断出其中存在某种令人不快的关系,又或许这本身只是母亲的无奈之举,但一切似乎暗示着背后有什么更阴暗的东西。

干脆接受这一事实吧,假装过去的错误从未发生过吧。不过这样一来,依然存在无法解释的矛盾,锻治町清辉死时,年幼的我出席了他的葬礼。若果真如此，那之后，我频频见到的那个被我称为叔叔，与我关系颇为要好的人究竟是谁？

难道他是幽灵吗？如果是这样，为什么没有人会感到奇怪或恐惧呢？难道只有我能看见他吗？

毫无疑问的是，在我的记忆中，他是个有血有肉的人，如果说他是我年少时幻想出的人就又另当别论了。最重要的问题是，我从锻冶町清辉的葬礼上跑出来后，在寺庙后面遇见的人究竟是谁，如果并非我那混杂着空想和一厢情愿的记忆，如果那时候我看到的确实是"叔叔"，那毫无疑问我撞上了众人正在哀悼的亡者本人。

他果然是幽灵吗？不过那位幽灵确实给了我一件礼物，按照在那场法事后时隔几十年再次重逢的姐姐的说法，很明显这并非我的幻觉。《八三二的秘密》一书也确实存在于我的记忆之中，而且还是我很喜爱的一本书，令人遗憾的是故事情节我已记不清了，依稀记得确实是少男少女和阴谋家们斗智斗勇的故事。

这本书在我手上已经有很长时间了，却不承想原来我是这样得到它的，我竟然完全忘记它其实是"叔叔"送给我的了。那位姐姐说出《八三二的秘密》这个书名还唤起了我其他记忆，短短的三位数字仿佛带着其他深意，向我袭来。

我粗暴地打开自家公寓的大门，差点踢到地面上散落的报纸、杂志、吃剩的便当和方便面，走进了里屋。在里屋里最好的位置上放着的自然是叔叔的旅行箱，我将一直半开的盖子合上，胡乱扭动着把手附近的数字锁。箱子上锁后，盖子自然就打不开了，接着我摸着数字锁，慢慢地拨动着密码盘。

8、3、2，当我拨完这些数字，箱子内部传来一声清脆的弹响，盖子被轻而易举地打开了。这本身并没什么特别的，毕竟我之前为了将箱子带去给眼球堂主人看看，也像这样锁上箱子后再开锁，问题在于我刚一拿到箱子时，就这样打开过它了。当时我还不知道该如何打开箱子，想着得请身为老友的眼球堂主人，或者请专门开锁的人看看，却不承想随意试了试我平时经常用作密码的"832"后，箱子竟轻松地打开了。正因如此，我才能找到叔叔珍贵的遗物，并就此踏上调查与推理之旅。

这并非走运，而是一个奇妙，甚至是令人毛骨悚然的巧合。时至今日，我自己也说不清为什么喜欢用这三个数字作为密码。如果是以经常被用作密码的生日来看，自然不可能是八月三十二日，而平成八年三月二日也解释不通，毕竟早在平成八年或二〇〇八年以前我就开始使用这串数字了，虽然按外国习俗可能更换年月日的顺序，但很难想象身为日本人的我会采用这种做法。

这难道是单纯的巧合，抑或是曾有人告诉我的吗？当得知这串数字与叔叔的旅行箱密码一致时，这种模糊的疑问突然在我心中放大了。

叔叔也使用"832"作为密码，同时也将这信息告诉了我，不过他是如何做到的？这个问题的答案终于在今天水落石出，这三位数字源自叔叔给我的那本少年侦探小说，而这本小说一定给我留下了深刻的印象，以至于我不知不觉开始用这三位数作为密码。

此外，叔叔想传达给我的不仅如此，他于自己的葬礼上悄然露面，向我揭示了他的存在。

至少在当时，叔叔是活着的，所以在葬礼后才能来见我。其他大人之所以并未因看见死者突然出现而感到奇怪，可能是因为他们假装看不见，抑或是叔叔只出现在不认识他的人面前，关于这一点我就无从得知了。

但是，若果真如此，我的样貌又该如何解释？与叔叔——锻治町清辉长得一点都不像的我，对他而言又是什么人呢？

无论我怎么想，真相依然迷雾重重，但我却必须揭开事情的真相，按照目前的状态，我是没法把这个故事搬上舞台的。

突然我想到，这些秘密可能就藏在《八三二的秘密》这本书中。令人遗憾的是这本书目前不在我手边，要是老房子没有被拆掉，回家说不定能找得出来，但事到如今也不可能这样做了。于是我去图书馆里寻找，结果却令我震惊，考虑到这是本儿童读物，而且该系列丛书广受读者喜爱，我本以为很容易找到，没想到结果并非如此。似乎大众对这种面向少男少女的娱乐小说评价不佳，没把它当成什么正经书籍，而且因其深受孩子们喜爱，所以磨损得很厉害，几番传看下变得破旧不堪，很快就被丢掉了。

这本书在二手市场上难得一见,即使偶有出现,不但价格被炒得很高,而且很快就被人买走了,即便我想买这本我曾经拥有的书,但也只能被迫放弃。作为下策,我多方打听是否能看到书的内容,最终收到一个意外的好消息,《八三二的秘密》被收录于某本儿童文学选集之中。我立刻买来一本读了读,尽管已经忘记了主要情节,但有些细节还能记得,所以也看得津津有味。然而,书中的"8、3、2"并没有什么特殊意义,即使换成别的数字,故事也完全可以成立。

这么看来,叔叔不知是为了安抚年幼时百无聊赖的我,抑或是怜悯我的境遇,将碰巧带在身边的书给了我,是我自己有些过于关注"832"这串数字了。

不,这不可能,不然为什么叔叔要给自己的旅行箱设置这种密码?难道是准备有朝一日让我亲手打开旅行箱,而将密码的信息承载在送给我作为礼物的书上?锻治町清辉是抱着怎样的想法出现在自己的葬礼上,之后他身上又发生了什么?他到底是迷途的亡灵,还是活生生的人?先不说这个……我一边左思右想,一边翻到末页,看到上面记录着作者的生平。作者的出生时间与锻治町清辉大抵相近,他度过了质朴而踏实的写作人生,并在约四十年前过世——就目前看来,看不出他与叔叔之间有任何联系。

为了找寻是否还有别的线索,我继续翻阅着,最后看到了书的底页。书名、作者、编辑、出版社、出版日期、印刷厂、装帧负责人、插画家……我从未仔细看过这些部分,今天却觉得这些信息颇具深意。突然间我发现底页上写着符号ⓒ，后面还写着一串像是用罗马音写的名字，ⓒ代表着著作权，那后面这位想必就是著作权人了。

可能有人认为这是《八三二的秘密》的作者，实则并非如此。仔细想来，尽管作者早已过世，但这部作品还没到进入不受版权保护的公有领域的时候，自然会有人作为著作权人收取版税。对于读者而言，著作权人是谁并不重要，但对我而言却并非如此。毕竟如果我想知道《八三二的秘密》一书及其作者，可能直接问著作权人是最实在的，此人很大概率是作者的亲属。

我专心地看着，想要先记住他的名字。

"啊！"

一瞬间，我的内心仿佛有什么彻底崩塌，甚至一时间不知该作何判断。

这究竟是怎么回事……

我不由得在内心自言自语着，反复看着那串名字，毫无疑问，这人我是认识的。

"这是怎么回事？！"我不由得大声说道，不，可能用大喊更加合适。"这本书的著作权人竟然是那家伙，是这次戏剧的制作人！"

我瘫坐在手边的椅子上，开始漫无目的地思考起来……

最终，我从瘫坐已久的椅子上站起身来。之后的几周我以连自己都深感佩服的精力不断工作着。我漫无目的地徘徊，不断与人会面，并前往远方旅行——到了最后，我回到案前专注创作。

最终，这一天到来了。

3

我开始了讲述。

听我讲述的是一个少年，他可能就在我身边，也可能一直在我心中。总之，我开始了讲述——那些遥远的旧日回忆，以及在记忆的彼端偶尔露面的"叔叔"。他能出现在我记忆的彼端，想必是非常亲近的亲戚或是旧识，但我不知道他究竟是谁，周围也没人能告诉我答案。

曾经我如同各位一样青春年少，但现在已经长大成人，并逐渐老去。

这一天，我在充满了关于叔叔回忆的地方，碰到了叔叔留下的老旧旅行箱。旅行箱之主是锻冶町清辉，不可思议的是，箱子很轻易地就被打开了，里面装满了与他相关的回忆，以及他那些离奇的冒险故事。

曾经叔叔给我讲过很多趣事，带我走进充满幻想的世界，于是我追寻着他的脚步，体会他的传奇人生。然后……我成了"叔叔"——锻冶町清辉。

作为一名年轻的贸易商人，我四处旅行，通过各种商业活动，见到了那个时代的人们无法企及的东西，而在看尽这个世界后，我不得不选择逆世界之潮流而前进。我曾数次历险，解救被嗜血的纳粹怪物追杀、寻求自由与独立的抵抗组织成员；曾和身为著名博物学家的侯爵一同深入南方森林腹地探险采集，防止同胞们对当地施行暴行与进行破坏；我曾踏足动乱之下的欧洲，拯救在国际列车旅行中邂逅的女性，将珍贵的车票送给了她。我还有很多未能讲述的冒险和被抹去的经历，尽管战争结束了，我的旅途却并未到达终点。

我是谁？没错，我正是锻冶町清辉。尽管这个国家的战争已经结束，但周遭的动乱与灾祸却并未平息，其中还有不少祸根是我的祖国埋下的。虽然出国变得比从前更难，但我依然坚持出国，贯彻自己的信念。

在这种情况下，我恋爱了，那是一位为身边的人奉献了一切，甚至拒绝情爱的女性，我依然与她坠入爱河，尽管我们深爱着彼此，但她强烈拒绝与我结婚，既然这是她选择的活法，我也无可奈何。最终我再次踏上漫长的旅程——此刻亚洲正处于惨烈的纷争、混乱与杀戮的漩涡之中。

彼时，她已经怀有身孕，而我丝毫不知。然而，希望有朝一日能回到她身边的愿望与日俱增，这对过去的我而言实在难以想象。令人讽刺的是，当我开始强烈地想回到自己的归处时，长年来支撑着我的好运气却用完了。

某一天，在某个城市，在枪林弹雨中一颗子弹贯穿了我的身体。

我——锻治町清辉最终魂断他乡。

灯光转暗……一道光线照在缓缓站起的人身上,我再次讲述起来。

咦,真奇怪啊,锻治町清辉魂断他乡,连一件遗物、一片尸骨都未能回到祖国,我却好好地活在这里,活着讲述我的故事,真奇怪啊……不,也不能这样说,如果锻治町清辉已经从这个世界上消失,那么我之所以能站在这里,只因为我并非锻治町清辉,这样便顺理成章了。

没错,我不是他。我既没有在开战前夜,在避暑胜地的宾馆里帮助埃尔曼·勒梅尔,没有和阿地川镇詹侯爵一起追寻梦幻的蝴蝶,也没有捍卫过美丽的爱娃·库鲁格的声誉与生命,这一切都是我的好友——锻治町清辉所做的,而我只是作为他的友人陪伴在他身边,没有任何能力和勇气,只能对他华丽的人生经历欣羡不已。

顺便一提,我的工作是小说家兼剧作家,而且作品大部分都是面向孩子的读物或剧作,毕竟我实干能力不行,只能创作出充满梦想与幻想的故事,来帮他宣扬功绩。当我发现他生平第一次坠入爱河时,我知道不能让他继续鲁莽行事了,我不能眼睁睁地看着一个女人陷入不幸,更遑论我已经知道她腹中怀有一个新的生命。

尽管如此,他的冒险精神和侠义心肠却未能让他停下脚步,他再次踏上了旅途,仅留下一张和我的照片作为礼物。岁月流转,他和那名女性之间的孩子茁壮成长,而他依然杳无音信,直到几年之后传来了他的讣告。得知这一噩耗，人们在某个寺庙里为他举办了甚至算不上追思会的法会，当时我未能参加，毕竟作为他的友人，未能阻止他鲁莽行事，最终导致了这般悲惨的下场，我深感自己责任重大，而我还没有无耻到能厚着脸皮参加他的追思会，讲述与他的回忆。

然而追思会当天，我的脚还是不由自主地前往了举行追思会的寺庙，当我听着人们的声音，尤其是偷看到他的妻子时，我怎么也迈不开腿。我仿佛一个幽灵一般伫立在墓地之中，这时，一个意料之外的小小身影出现了。那是个年幼的男孩，被不明所以地带到这里，可能是因为无法忍受父亲葬礼的无聊而偷跑出来了。

即便懦弱卑鄙如我，也无法放任这么小的孩子不管。我和他说话，陪他玩了一会儿，并在临别之际将随手带在身上的某件东西送给了他。那是我所编写的无聊冒险侦探小说中的一本，名为《八三二的秘密》。

从那之后，我便时不时出现在那个孩子周围，偶尔装成是他的亲戚或熟人。当然想必注意到我的人不在少数，但都对我的举动有所察觉而选择闭口不谈。

我开始化身为他的父亲，对这位锻冶町清辉的遗孤，对这位少年讲述起那些激动人心的故事，讲述商业中那些拿手好戏，哈哈哈，哈哈哈。

——爸爸！

我笑得脱力，忽然听见一个少年的声音。我惊讶地四下寻找，少年的声音继续说道。

——爸爸，别说了。

我大惊失色，连忙解释道："不，不是的，我不是你爸爸。尽管说来话长，但这是我必须对你说的……"

——没错啊，爸爸。

少年的声音如一道鞭子狠狠挥下。

——我是爸爸的……是身为锻治町清辉好友的爸爸的孩子啊。

"……"

——爸爸总是泡在锻治町清辉的夫人和孩子身边，而我总是一个人，爸爸经常不在家，我好寂寞。可能爸爸这样做就心满意足了。但我和妈妈该怎么办，爸爸觉得我们会怎么样？

"那……那个……"

我闭口不言，满心疑惑，不知如何作答。在后悔与懊恼之下，"没错，我……我长大了，童年给我留下的创伤长久无法愈合，而我已然垂垂老矣，直到今天我终于知道——父亲舍弃了我和母亲，把时间花在挚友锻治町清辉的夫人和孩子身上，甚至不惜为了那孩子假扮出一个类似锻治町清辉的角色……而令他费尽心思的那个人，竟然就是我身边的工作伙伴！"

我的容貌开始变化，变得与我的年龄不符。我开始悲切地讲述起来。

"这个偷走了我的童年、我温暖的家庭，甚至是我爸爸的人就在这里，他还蒙蔽在爸爸的甜蜜谎言中，依然沉醉在对'叔叔'的回忆中。那么至少让他从梦中醒来吧，在这个由我和他共同打造的名为舞台的世界里！"

我想放声大笑，而笑声不由得转为呜咽，最终我捂住脸，低下了头。

不知过了多久，我猛然抬起头，大声喊道："少年啊！"

一种全新的声音响彻剧场，它超越了爱恨情仇，无比自由而又无比自我，不受拘束地穿透我那不算漫长的人生，那声音的主人是——

4

我的独角戏让剧场沉浸在喧嚣与热闹之中，不多时又安静了下来。

这部戏剧获得了意想不到的成功，人人都想见我，但我想见的人却不见踪影。这本在我的预料之中，只是我希望他能将这部戏看到最后……

当身为我多年的工作伙伴兼制作人的他策划这部以我为主演的戏剧，并提议以我记忆中的"叔叔"为主题时，我并不知晓他的意图。

他对于我这个代替他享受了属于他的童年——而这童年本是他父亲从他身上偷走的——的人抱有怎样的感情？是憎恨，是怨恨，还是嫉妒？

到最后，当回忆的真相被无情揭开，虚伪的假象被狠狠剥下，我不由得接受这个冰冷的事实。不过这是来自他的复仇剧吗？若是如此，他又是为了什么？这种做法于他没有任何好处，而且也无法从我身上夺回什么东西——也许他自己都未必能真正说清。

我得知他的意图后，用假的剧本征得他的同意，并将后半部分替换成某个像他一样的角色登场。想必各位已然了解，我确实是锻治町清辉的孩子，但我遇见的"叔叔"却并非锻治町清辉，而是那位制片人的父亲——是那位小说家兼剧作家。幻灯片中拍下的两位挚友自然也是他们俩，那位老妇人看到我拿出的照片后，自然认出了和我长得一模一样的人是锻治町清辉，而我却误以为那就是我记忆中的"叔叔"，而且老妇人还介绍说那位"叔叔"整天待在锻治町清辉的妻子身边，我也误以为是另一个人。

事到如今，箱子上密码锁的来历也很明显了。那位小说家将箱子作为锻治町清辉的遗物留存下来，并打算最终由我继承。因此他以自己作为我父亲的表象，将密码重新设定为"832"。

之后，我在剧院里继续等待了制片人一段时间，但其实自己并未抱有多大期望。最终到了剧场关门的时刻，我离开了剧场。或许是特意为了我吧，音响里传出了那首送客的音乐。

来吧，闭幕吧，落下帷幕吧，
爱恨交织的杀人者与被害者们，
回归你们原本的状态，牵起手一同敬礼！

叔叔的旅行箱：
幻灯小剧场

"你知道吗？"我朝着恐怕再难见面，即使见了面，关系也不可能回到从前的制片人说道，"这首名为《就此结束》的歌是由阿德贝特·施密德施塔特作词，阄目屋吉太郎翻译的，Adelbert（阿德贝特）在德语中意为清洁而辉煌，Schmittstadt（施密德施塔特）是锻治之町的意思。而且将Kajimachi Kiyoteru（锻治町清辉）的罗马音变换顺序，便是Kujimeya Kichitaro（阄目屋吉太郎）。我进一步调查过这首歌的来历，发现它是我父亲在你出生那天，作为祝福和对生命的赞歌，送给你那当时正在进行戏剧创作的父亲的。可以说，这是两人友谊的见证。所以我想和你一起听听……"

我自言自语道。自己居然堕落成一个糟糕的自恋型演员，一想到这里，我便倍感羞愧。

我带着一丝苦笑，一边听着身后微弱的歌声，一边来到外面的街道上……

即使有几分不合逻辑，

即使有些许无法接受，

此刻都沉浸在余韵中，起立吧——

就此结束，出口在那边！

——落幕——

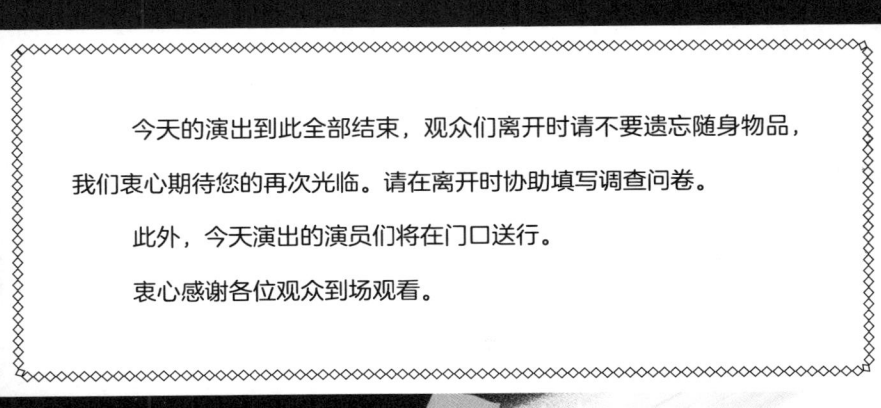

今天的演出到此全部结束,观众们离开时请不要遗忘随身物品,我们衷心期待您的再次光临。请在离开时协助填写调查问卷。

此外,今天演出的演员们将在门口送行。

衷心感谢各位观众到场观看。

给剧作爱好者的笔记

　　这家小剧场可能位于你不经意路过的某个街角再往前一点的位置。它离随处可见的商店街稍微有点距离，需要在幽静的住宅区里走一段路。至于为什么离车站较远，还是因为地价和租金的缘故吧。当你开始怀疑"这种地方真的有小剧场吗，该不会是走错路了吧"的时候，它就会不偏不倚地出现在你面前。尽管和周围的建筑看上去别无二致，但聚集在门前的人群，以及摆满走廊的鲜花，无疑彰显着这是一个与众不同的空间。而最能证明这是你今天的目的地的，自然是放在门口的告示牌，预示着等会儿在剧场内要上演的故事——《叔叔的旅行箱：幻灯小剧场》。

　　本书是继《奇谭贩卖店》和《乐谱与旅行的男人》之后我的幻想连载短篇小说系列之一，与在《小说宝石》上连载的前两部作品不同，这部作品发表在同一出版社——光文社的电子杂志 Giallo 上，这是与之后我受该出版社所托，创作并收录在《名侦探是谁》中的风格完全不同的奇幻悬疑作品，作为不同寻常的悬疑侦探系列小说，《叔叔的旅行箱》是第三部，也是该系列的最后一部作品。

　　因为个人的种种体验，我本不欲再写本格推理小说以外的作品，但在常年担任我编辑的铃木一人先生的推荐下，我写下了《奇谭贩卖店》，这既是一个转机，也带来了不可思议的化学元素，而且该书也以文库本的形式出版，并时隔三年，在2018年获得了"第十四届喝酒的书店店员最爱作品大奖"，也出乎意料地不断再版，毫无疑问这部系列作品对我而言是极为重要的。

继第一部作品的古书奇谭后，在《乐谱与旅行的男人》中，由失落的乐谱和异国都市交织而成的故事也引发了未曾预料的化学反应，让我不由得苦恼于下一部作品的主题，于是我首次产生了这样一个想法：让一个明确的主人公作为叙述者，讲述他的故事——至于将他设定成一个跨入晚年的演员这一想法是从何而来，我不得而知。这个想象的人物与我、我家的阿细以及前文提到的铃木先生完全不同，身为读者的各位又会猜测是谁呢？我想，这也是这个系列作品意外延续的结果吧。

正如《奇谭》《乐谱》第一话的内容一样，《旅行箱》也开始于以类似侦探小说的方式解决一个过去的案件，这次的主人公是活在现实世界中的"我"，而作品的主题是探寻过去，最终找寻自己，我希望作品能够更加真实。所以当"叔叔"参加南洋探险或欧洲间谍战时，我作为演员跟着他一起体验这些过往，会更有代入感，会让人忍不住大喊"就是那样！就是那样！"。

而将舞台设定在一个小剧场某晚的公演，把所有故事情节融入其中这点，完全在我的计划之外。说起来，我在连载本作品时，在已故的松坂健的介绍下看过推理悬疑剧场的公演，并以此为契机，为剧团写下了悬疑戏剧《侦探必来——森江春策前往风雨孤岛》，这也完全

给剧作爱好者的笔记

在我的计划之外。

关于创作本作的秘闻，我已经在《小说宝石》二〇一九年八月号的与乃木口正的对谈采访中做了详细介绍，如果有机会也请各位读者阅读。此外刚刚提及的戏剧剧本，近期也将收录于森江短篇集中。

按照惯例，由于初版作品没有后记，在此我想对为前两部作品以及《名侦探是谁》提供封面与插画的平井贵子、负责装帧的柳川贵代致以衷心的感谢。此外，还要对刚刚的访谈中提及的因进度问题而深感困扰的 Giallo 的堀田健、负责文库书出版的持田杏树表示由衷的感谢。

另外，受我所托进行作品解说的杉江松恋，对在第75届日本推理作家协会奖和第22届本格推理作品奖中获奖的拙作《大鞠家杀人事件》给予了高度评价。他也是很早就开始关注我早期那些无人问津的作品的创作团体"逆密室"中的一员，这次能有机会首次获奖，我感到十分高兴。

好了，到演出结束的时候了，此时剧场内响起的是大家已经耳熟能详的那首歌曲——《就此结束》。那么各位观众，就此别过。不必叹息，尽管该剧场即将关闭，演出也迎来落幕之日，但想必还有数不胜数的奇妙故事在日夜上演着……没错，以你现在手中这本书的形式展现。那么各位，有缘再见！

2022年5月

芦边拓

北京市版权局著作合同登记号：图字 01-2024-3382

《OJISAN NO TRUNK》
© Taku Ashibe 2019
All rights reserved.
Original Japanese edition published by Kobunsha Co., Ltd.
Publishing rights for Simplified Chinese character arranged with Kobunsha Co., Ltd.
through KODANSHA BEIJING CULTURE LTD. Beijing, China.

图书在版编目（CIP）数据

芦边拓幻想短篇集.叔叔的旅行箱/（日）芦边拓著；
青青译. -- 北京：台海出版社，2024.3
ISBN 978-7-5168-3793-1

Ⅰ.①芦… Ⅱ.①芦…②青… Ⅲ.①短篇小说-小
说集-日本-现代 Ⅳ.①I313.45

中国国家版本馆 CIP 数据核字 (2024) 第 031243 号

芦边拓幻想短篇集.叔叔的旅行箱

著　者：[日]芦边拓	译　者：青　青
责任编辑：员晓博	插画绘制：[日]浮云宇一
封面设计：☯・车　球	

出版发行：台海出版社
地　　址：北京市东城区景山东街 20 号　　邮政编码：100009
电　　话：010-64041652（发行、邮购）
传　　真：010-84045799（总编室）
网　　址：www.taimeng.org.cn/thcbs/default.htm
E - mail：thcbs@126.com

经　　销：全国各地新华书店
印　　刷：北京盛通印刷股份有限公司
本书如有破损、缺页、装订错误，请与本社联系调换

开　本：880 毫米 × 1230 毫米	1/32
字　数：120 千字	印　张：5.625
版　次：2024 年 3 月第 1 版	印　次：2024 年 8 月第 1 次印刷

书　　号：ISBN 978-7-5168-3793-1

定　　价：119.00 元（全三册）

版权所有　　翻印必究